星の河

女だてら　麻布わけあり酒場9

風 野 真 知 雄

幻冬舎時代小説文庫

星の河

女だてら　麻布わけあり酒場9

目次

女だてら　麻布わけあり酒場

主な登場人物

小鈴《こすず》

麻布一本松坂にある居酒屋〈小鈴〉の新米女将《おかみ》。十三歳で父、十四歳で母と生き別れた。母の志を継いで「逃がし屋」となる。

星川勢七郎《ほしかわせいしちろう》

隠居した元同心。源蔵・日之助とともにおこうの死後、店を再建する。

源蔵《げんぞう》

〈月照堂《げつしょうどう》〉として瓦版《かわらばん》を出していたが、命を狙われ休業中。星川の口利きで岡っ引きとなった。

日之助《ひのすけ》

蔵前の札差《ふださし》〈若松屋《わかまつや》〉を勘当された元若旦那。「紅蜘蛛《べにぐも》小僧」と呼ばれる盗人《ぬすっと》の顔を隠し持つ。

大塩平八郎《おおしおへいはちろう》

幕府転覆を目指す集団の頭《かしら》。大坂で乱を起こしたが失敗した。

橋本喬二郎《はしもときょうじろう》
おこうの弟。大塩を支えている。
『巴里《パリ》物語』の原本を所有している。

鳥居耀蔵《とりいようぞう》
南町奉行。幕府に逆らう思想を憎んでいる。
林洋三郎《はやしようさぶろう》として〈小鈴〉に通っていた。

八幡信三郎《やはたしんさぶろう》
鳥居の甥《おい》。剣客《けんかく》で、以前大塩に瀕死《ひんし》の重傷を負わせた。

戸田吟斎《とだぎんさい》
小鈴の父。幕府批判の『巴里物語』を著した人物だが、鳥居に論破されて信念を翻《ひるがえ》し、鳥居の側近となる。自ら目を突き失明した。

おこう
小鈴の母。お上《かみ》に睨《にら》まれた人が逃げられるよう手助けしていた。居酒屋の女将として多くの人に慕われていたが付け火で落命。

第一章　穏やかな日々

一

星川勢七郎《ほしかわせいしちろう》は、〈小鈴《こすず》〉を抜け出すと、いつものように賢長寺《けんちょうじ》の墓場に来て、剣を振りはじめた。

毎日の習慣になっている。もう三年以上、雨の日や、よほど身体《からだ》の具合が悪い日以外には、休まずつづけてきた。

毎日やらなければならない。毎日稽古しても、それでも衰える。筋力は保っても、俊敏さで衰える。それを補うには技を磨かなければならない。技が上達しても、視力が衰える。果てしないいたちごっこ。

今日、鳥居耀蔵《とりいようぞう》を斬《き》ることができなかったのも、衰えのせいだっただろうか。

星川は悔やんでいた。

なぜ、あのとき動かなかったのか。

一瞬の隙をうかがって鳥居の命を奪うことはできたはずである。そのあとすぐ、いっしょにいた家来に斬り刻まれ、いまごろはあの世だったかもしれない。それでも刀をふりかぶったりせず、大声を上げて護衛の連中を日之助《ひのすけ》のほうに向け、小さく動いて一刺しし、えぐれば、鳥居の命もなかった。それは自信を持って言える。

あのときは、やれた。

なぜ、しなかったか。

小鈴が止めたのだ。

「嘘つき」

と叫んだあの声が、星川の動きを止めた。

——小鈴ちゃんは、おいらが死ぬ気でいたのを感じ取ったのかもしれない。

たしかに相手は多すぎた。鳥居のほかに四人。日之助がわきから手助けしてくれたとしても、五人全員を片づけるのは難しかっただろう。

だとしたら、今日、ことを起こさなかったのは、正しかったのかもしれない。

ただ、思わぬなりゆきになった。

小鈴が、鳥居の正体にこっちが気づいていると知らせてしまったのだ。気づかないふりをしながら見張らせておいたほうが、いろいろ都合はよかったのだが、もうどうしようもない。

今日のところは、小鈴の剣幕に負けて、鳥居が引き下がるかたちになった。鳥居は、直接にはもう二度と来ないだろう。そんな気がする。

だが、このまま引き下がるとは到底思えない。今後、鳥居はなにをしてくるのか。小鈴を守らなければならない。おこうの娘の小鈴も、そしておこうの遺志を継いだ店〈小鈴〉も。

ただ、鳥居は驚くべきことを告げていった。それは、紅蜘蛛《べにくも》小僧のこと。

本当に、日之助が紅蜘蛛小僧だというのか……。

鳥居の口ぶりからすれば、確証はなさそうである。ふと浮かんだ疑念を脅しのようにロにしたという感じだった。

だが、日之助のあの表情。完全に顔が強張《こわば》ってしまっていた。あれはまさに、下手人《げしゅにん》が悪行を指摘されたときの顔。同心《どうしん》時代にさんざん見てきた、追い詰められた人間の表情だった。

――まさか、日之さんがな……。

ふと、気づくと、星川は息を切らしていた。熱い湯につかったような汗が滴り落ちていた。ずいぶんムキになって刀を振りつづけていたらしい。

いつも座る切り株に腰を下ろし、汗が引くのを待った。

星川は、いまの日々に不満があるわけではなかった。

毎日、寄るべき店があり、その店は繁盛し、四人の分け前だけでも充分に暮らしは成り立っている。店には気心の知れた常連が集《つど》い、他愛のない冗談話に笑い声を上げる。ときに小さな異変が起きたり、奇妙な謎が持ち込まれたりする。

それらを皆で解決したりしているうち、季節が移ろっていく。

三年半前の秋。

おこうの死を目《ま》の当たりにし、生きる力を失った。それからもこうして生きてきたのが、なにか不思議な気がする。

しかし、それももう終わりが近づいているのではないか。

「おこうさん」

夜空を見上げ、星川は懐かしい名前を呼んだ。

岡っ引きの源蔵《げんぞう》は、いい気持ちで〈小鈴〉にもどって来た。飲み過ぎてしまい、坂道でちょっと足がもつれた。岡っ引きは、こんなことではいけない。

さっきまで、麻布《あざぶ》界隈《かいわい》の町名主《ちょうなぬし》や大店《おおだな》のあるじたちの会に招かれ、ごちそうになっていたのだ。

先日、源蔵は火付けの下手人を捕まえ、定町回《じょうまちまわ》りの同心に差し出していた。芝から麻布界隈にかけて、このひと月で八件の付け火があった。一度などは新堀川沿いの町を半町《はんちょう》（およそ五千平方メートル）ほど焼く大火となった。皆、悩まされていた。

とにかく手口がすばやいのだ。

誰も現場を見たわけではないが、源蔵は手口をこう想像した。

油をつけて燃えやすくした紙を丸め、火をつけて、塀のわきや縁の下に放って通り過ぎる。すばやい動きである。

想像したのは、丸めた油紙を見つけたからである。わきの溝に落ちていた。一部が焦《こ》げてもいた。

おそらくしくじったのだ。この丸めて火をつけた紙が、家に火がつく前に風で転がり、わきの溝に落ちて消えた。源蔵はそれを見つけたのだ。

火をつけるところは見ていないが、丸められ焦げた油紙を見たとき、

——これは？

と、思ったのである。

開くと、浮世絵の美人画だった。目についたのは、その浮世絵に記された色指定の文字だった。すでに色は入っている。それとは別の色が指定されているのだ。

——こっちのほうがいい。

源蔵は瓦版屋《かわらばんや》をしていたくらいだから、色指定などの知識もある。つまり、この色より、こっちの色にしたほうがよかったのではないかと指摘していた。

これが火付けの下手人のものだとしたら、下手人は浮世絵に詳しい。絵師本人か？　刷り師か？　あるいは版元か？

浮世絵には、絵師も刷り師も版元の名も入っていた。絵師も刷り師もこの界隈に住んではいなかった。

版元は三人、名を連ねていたが、一人が飯倉《いいくら》の呉服屋〈川本屋〉だった。調べる

と、川本屋のあるじは浮世絵が好きで、版元として金を出していた。だが、売行きはぱっとしないものばかりらしい。

売れないのは、着物の色が悪いからではないか。呉服屋でもある版元は、悔し紛れに自分でも色を検討してみた。その紙。

まさかとは思ったが、夜、店を見張り、出てきた主人のあとをつけた。

そして、現場を押さえたのである。

大手柄だった。今宵《こよい》はそのおほめの宴《うたげ》だった。

麻布の旦那衆や顔役たちから、

「捕り物の名人だ」

「麻布の誇りだ」

とまで持ち上げられた。お世辞と知りつつ、悪い気はしない。

帰り道、源蔵は自分の変わりようを意外に思いながら帰って来た。

岡っ引きになったときは、こんなふうになるとは予想していなかった。もともと怪しげな連中に追われ、それから逃れるように町方《まちかた》の末端に加わった。星川の策略だった。

それがいまでは、この仕事にやり甲斐《がい》を感じはじめている。

一本松坂を上り、てっぺんの少し手前に〈小鈴〉がある。

戸を開けて、中に入る。

今宵も客は満員だった。

「よう。飯はいい。ちっと馳走《ちそう》になったもんでな」

小鈴に声をかけた。

——ん？

小鈴の表情が硬い。

調理場の中を見ると、日之助の顔もおかしい。いつもの暢気《のんき》そうな笑いがない。

調理場と客たちがいる土間の境に、星川が座っている。いつもの席である。その星川の表情もどことなく険しい。

別に客はいつもどおり、なごやかである。常連のお九《きゅう》がいて、ご隠居となにか話して笑っている。

源蔵は星川のわきに行った。

「星川さん。何かあったのか？」

「ああ」

「なんだよ？」

「暮れ六つ（午後六時ごろ）をちょっと回ったころかな。今日はめずらしく客足が遅くて、まだ誰も来ていなかったんだが、例の鳥居耀蔵が姿を見せたのさ」

星川が小声で言った。

「やったのか？」

そういう手はずだった。始末し、遺体を裏の寺の墓地に隠そうと。

「やれなかったんだよ。町奉行になったもので、四人も家来を連れて来やがった。もっとも、おいらはやりたかった。だが、気配を察したんだろうな。小鈴ちゃんがうまくそれを回避しちまった」

「ほへえ」

源蔵は素っ頓狂な声を上げた。

「それから、ちっと意外なななりゆきにな」

星川は口ごもった。

日之助がこちらをちらちらちらと見て、ますます強張った顔をしている。

小鈴はやはり元気がない。

「なんだよ。なにがあったんだよ？」

「あとでな。あとで、お前の家に行くよ」


日之助はいたたまれなかった。

紅蜘蛛小僧というういきなりの指摘に動揺し、ごまかしようがなかった。あれでは認めたも同然だった。小鈴の目にも驚きがあった。

いまさらながら、自分の性癖と過去を呪《のろ》った。

だが、こんなことから足がつくとは思わなかった。

おそらく、大店に入り込み、途中で逃げ場を失《な》くし、屋根から転げ落ちたりして死ぬのだろうと思っていた。じっさい、いままでいちばん危ない思いをしたときも、そんなふうだった。

奉行所に侵入したあのとき——。

使った紐《ひも》はすべて持ち帰った。それでも知られたのはなぜなのか。

隣の蜂須賀《はちすか》家の庭から侵入したとき、もどるまで庭の木の枝に目立たないようくくりつけておいたのだが、それを番人あたりに見られたか。そのとき、すぐに騒ぎにならなかったのは、奉行所の侵入者の足取りが調べられてから、そういえばあのとき、というような話になったのではないか。

直接、姿を見られていたら、あのときすぐ、騒ぎになっていたはずである。だが、しくじったことには違いない。奉行所の裏から、紅《あか》い紐を巧みに操る身の軽い男が侵入したことは知られてしまった。そして、自分が見て小鈴たちに伝えたことは、その侵入者だから知り得たことだった。

もう言い逃れはできないのだろうか。

店が跳ねたあと、

「日之さん……」

と、小鈴が声をかけてきた。なにか言いたそうだったが、

「今日は疲れた。早めに帰らせてくれよ」

と、小鈴の言葉を制した。慰められてもさらに傷つきそうだった。

「うん」

「鳥居のやつがおかしなことを言った。気にしないでくれ」

なんとかそう言った。

「わかった」

小鈴はうなずいた。信じたかどうか。

日之助は家に帰ると、持ち物を確かめた。

いたって質素な暮らしぶりだった。盗んだ品はもちろん、見られて困るものはなに一つ置いてなかった。

ごまかせるはずだった。

奉行所の塀によじ登ったことは認めよう。蜂須賀家の紅い紐のことなどは白《しら》を切る。

ふつうなら、それでごまかせる気がする。

だが、鳥居耀蔵という男は、でっち上げてでも敵に罪をかぶせるやつらしい。となると拷問にかけられたりもするのだろう。

拷問などというものに耐えられる自信はない。

日之助は自分の心の脆《もろ》さを知っている。脆いからこそ、盗人《ぬすっと》の真似ごとなどしてしまったのだ。

そして、〈小鈴〉の仲間たち。万が一、奉行所を騙《だま》しおおせても、小鈴たちは騙せない気がする。

――いよいよだ。

ずっと予感していたそのときがやって来たのだ。身の破滅。むしろ、それをどこかで望んでもいたのではないか。

日之助が頭を抱えたとき、

「日之さんよ」

外で星川の声がした。

いつになく疲れ果てて、小鈴は二階に上がった。

猫のみかんが押入れから出てきて、小鈴に身体をすりよせてきた。

そういえば、犬のももに餌はやっただろうか。

ぼんやりしながら働いていて、なにをしたのかも覚えていない。

客たちから何度も声をかけられた。

「小鈴ちゃん、どうしたんだい？」

「うん。風邪《かぜ》ひいたみたいで、頭がぼぉーっとして」

そう言って、どうにかごまかした。

小鈴は下に行き、皿が外に出ていたので餌は済んでいることを確かめ、また、二階にもどった。

星川さんたちは、鳥居を斬ることを相談していた。だが、あたしにはなにも教えてくれなかった。それはあたしを守ろうとしてくれたからだろう。

あたしをなにも知らないままにしておけば、発覚したときも罪から逃れられる。

そう考えたのだろう。

星川さんたちを責めることはできない。

だが、鳥居耀蔵が牙《きば》を剝《む》く。

——手始めは日之さんか。

日之助が紅蜘蛛小僧だったとしても、そんなのは別に驚くに当たらない。人殺しだったとかいうなら驚くが、紅蜘蛛小僧はそんなんじゃない。金持ちをからかって遊ぶ、義賊みたいな泥棒ではないか。

ただ、捕まれば間違いなく獄門にさらされる。

そして、その牙は源蔵さんと星川さんへ。

三人の男たちが可哀《かわい》そうだった。

母を好きになどならなかったら、こんな奇妙な運命に巻き込まれることはなかっただろうに。

人を好きになることの危うさ。いいことばかりじゃない。穏やかな日々を苦悩の日々に変える。それでも人は、人を好きになる。

だが、もう後もどりはできない。

鳥居耀蔵は今度、うちの店になにをしてくるのか。

この三年半――。

あたしの暮らしは本当に充実していた。そんな日々もいよいよ終わろうとしているのかもしれなかった。

二

鳥居耀蔵は奉行所にもどって来た。

腹が減っていた。本当は〈小鈴〉で二、三合飲み、腹も満たしてくるつもりだった。だが、小鈴に追い返されてしまった。

飯のしたくをさせ、すぐに戸田吟斎《とだぎんさい》を呼んだ。盲目になって、ますます世の中が見えるようになった奇妙な男。

「麻布の店に行って来た。小鈴の店だ」

「………」

吟斎の顔が強張った。やはり、この男の弁慶の泣きどころは小鈴なのだ。

「心配しなくてよい。小鈴をどうこうする気はない。わたしは、あの店が嫌いではない。おこうさんがやっているころから、わたしはあの店が好きだった」

おこうが好きだったからとはさすがに言えない。夫だった男に、おぬしの妻が好きだったと告げるなんて、茶番を超えた惨劇だろう。

「では、なんのために?」

「焼けたあの店を再建したのは、ろくでもない常連たちだった」

「どういう男たちなので?」

「元南町奉行所同心の星川勢七郎。以前は瓦版屋をしていて、なんといまや岡っ引きになった源蔵。そして、元は大店の若旦那だったらしいが、いまは勘当になっている日之助。この三人だ」

「わたしは誰も知りませんな」

「うむ。おこうさんが麻布に移ってからの常連たちだ。焼けたあとに、おこうさんの遺志を継ごうと店を再建した。そこに訪ねてきた小鈴が、女将《おかみ》に納まったというわけだ」

「なるほど」

「この三人がいま、小鈴の手助けをしている」

「手助け？」

「元はといえば、『巴里《パリ》物語』を読み、そなたを訪ねて来た連中を、おこうさんが匿《かくま》ったり、支援したりしていた。それで、今度はそうしたなじみを、あとを継いだ小鈴が、同じように匿ったり、手助けしたりしているようだ」

「……………」

「悪《あ》しき愛と自由と平等の精神が、そなたからおこうさんへ、そして娘へと伝わったのだろう。男のそれは怖くない。所詮は権力欲とつながる。だが、女のほうが怖い。女にそれが行きわたったとき、この世は本当に変わる」

「でしょうな」

「この一、二年のあいだも、あの周囲から何人かの若い蘭学者《らんがくしゃ》だの、追いつめた葛《かつ》飾北斎《しかほくさい》だのが消えた。あの三人が手伝ったのだろう」

「それで、どうなさるおつもりで？」

「まず、三人を排除する。とりあえず、日之助というのを、奉行所に引っ張る」

「どうやって？」

「こいつには意外な正体があった。そなた、十日前、ここに忍び込んだやつの気配に気づいただろう？」

「はい。世間を騒がす紅蜘蛛小僧という盗人だったとか」

「その日之助が紅蜘蛛小僧だった」

「ほう」

「面白いだろう」

「なぜ、わかったので？」

「わたしは長いこと、おこうさんと小鈴の店に、林洋三郎《はやしようさぶろう》という名で通っていた」

「なんと」

「その正体がばれた。ここに忍び込んでいた日之助がわたしを見たからさ」

「そうだったので」

「紅蜘蛛小僧の罪状を並べれば、獄門だ。小鈴には可哀そうだが、まず、それが最初。元同心は倅《せがれ》があとを継いでいるので、多少、厄介だ。同心たちの反発を買うと、仕事がやりにくくなる。ましてや、南の与力《よりき》同心たちは代々、町人寄りの気持ちが強い。大岡《おおおか》だの、根岸《ねぎし》だの、もちろん矢部《やべ》なども、そうした気持ちを植え付けてきているからな」

「なるほど」

「岡っ引きもしたたかな男で、いくつも手柄を立て、麻布でも町人たちの信頼を得た。こいつもうまく扱わないと、余計な反発を買う。これもようすを見ながら排除する。そういうことだ。また、策があれば申し出てくれ」

　そう言って、鳥居はよほど腹を空《す》かせていたらしく、めずらしく音を立てて、飯を食べはじめた。

と、そこへ——。

「叔父貴《おじき》、しくじった」

八幡信三郎《やはたしんさぶろう》が青い顔をしてやって来た。飲めない酒も飲んできたらしい。この若者が動揺しているのは珍しい。

「なにを？」

「大塩《おおしお》を追いかけて、ついに見つけた」

「なんと」

では、大手柄である。それでなにをしくじったのか。

「あいつらは、中川の上流で花火の調練のようなことをしていた」

「ほう」

「あとをつけようとしたとき、邪魔立てするような者が現われたので斬った」

「それで？」

「大塩の仲間かと思ったら、違った。十手《じって》を持っていた」

「なんだと」

「奉行所のほうでも誰か追いかけさせていますか？」

「いや、動かしておらぬ」

この件については慎重にことを運んでいる。生きているという噂があるので警戒するようにとは言ったが、直接には動かしていない。

「では、北町の同心だ」

「なんてことだ」

遠山金四郎《とおやまきんしろう》の配下を甥《おい》の八幡が斬った。ただごとでは済まない。八幡の首を差し出さなければ、遠山も承知しないかもしれない。

鳥居も混乱した。

「遠山も大塩が生きていることを知って、つけているということか？」

鳥居は吟斎に訊《き》いた。

「そうでしょうな」

「まずいな」

「ええ。いろいろと」

吟斎がそう言うと、八幡も肩をすぼめた。

「どうする、吟斎？」

「八幡さんは見られてますかな？」

吟斎は八幡に訊いた。

「いや。ただ」

「なにか？」

「大塩たちは同心の遺体を確かめたかもしれない」

「なるほど」

だからといって、大塩たちがそのことをすぐさま奉行所に報告することはあり得ないのだ。

「まずは、遺体が見つかり、北がどう処置するかを見守りましょう」

吟斎は落ち着いた口調で言った。

三

もちろん、大塩と行動を共にしている橋本喬二郎《はしもときょうじろう》は、そのことに気づいた。

自分たちを追う男が後ろから呼び止められ、斬り合いになったのだ。

最初から自分たちをつけていたほうが勝ったが、追跡を止《や》め、逃げるようにいなくなったのである。

橋本は引き返し、斬られた男が十手を持っていたのに気がついた。

大塩のところにもどると、

「橋本さん。やはり、さっきの若い男は新川《しんかわ》の隠れ家を襲ったやつだよ」

と、大塩が硬い顔で言った。そのとき大塩は背中を斬られ、瀕死《ひんし》の重傷を負っていた。

「そうですか。ということは、我々は二派に追われているようです」

「どういうことかな？」

「斬られた者は十手を持ってましたので」

「十手を……。では、北と南かな」

「あるいは、鳥居の家の者と、奉行所の者と」

幕府側同士が、互いに顔を知らなかったため、われらの一味と勘違いしたのではないか。それとも、われらを追う者同士でも、反目し合っているのか。だとしたら、好都合である。

あの若者は何者なのか。

それを突き止められたら、こっちも警戒するのに役立つだけでなく、逆襲の機会さえ訪れるかもしれない。

やはり、鳥居耀蔵の手の者という気が強くしていた。

「いずれにせよ、向こうは失敗をしたのだろう。橋本さん。このこと、なにかに利用できるだろうか？」

と、大塩が橋本に訊いた。

「できるかもしれません」

そう言って、橋本は手ぬぐいを開いてみせた。死んだ男の十手を包んで持ってきたのである。


中川土手の遺体は、その日のうちに近くの百姓に発見され、大騒ぎとなった。

身元がわかるのにもそう時間はかからなかった。

騒ぎがこの周囲にも伝わり、野次馬として見に来た花火師が、

「あれ、この人は……」

と、昼過ぎに訪ねて来た者だと気づいたのだ。

「知っている者か？」

「十手をお持ちでしたが」

「十手だと」

だが、遺体の腰には見当たらない。

「北町奉行所の者だともおっしゃってました」

「なんだと」

すぐに北町奉行所から人が駆けつけ、遠山家の家臣で動いている三宅新之助《みやけしんのすけ》という者であることがわかった。

腹心の部下が斬られたとあって、遠山金四郎はじきじきに出向いて来た。

町奉行が動くとなれば、与力同心たちも大勢ついて来る。近辺はなにごとかという騒ぎになった。

すでにだいたいのことは与力から聞いていたが、遠山は改めて花火師を尋問した。

「そのほうのところで花火を買い求めた者が四名」

「はい」

「それを追ってきた者が、まず最初に一人」

「はい。若い男でした」

「名乗ったか？」

「いえ」

「そして、斬られた者が来たのだな」

「あとから来た方は、北町奉行所の者だと」

三宅はいま、大塩の足取りを追っていた。なにかと役立つだろうと、同心たちが遣《つか》う十手も持たせていた。

それが奪われているという。

「花火を買ったという四人は大塩と一味だろうな」

遠山は、奉行所の与力ではなく、遠山家の家来に言った。

「そのようですね」

「それを追っていた若い男は、鳥居の手の者かもしれぬ」

「ということは、鳥居の手の者が三宅を？」

「大塩たちのしわざなら、鳥居の手の者がなにも手助けをしなかったのも解《げ》せぬではないか」

「たしかに。だが、なんのために？」

「鳥居のやつ。おれと手柄争いをしようというのかな」

遠山は馬鹿げたことをというようにあざ笑ったが、どこか嬉しげでもあった。

四

戸田吟斎は、盲《めし》いてから自分の勘が鋭くなったことを感じている。

この世のなりゆきなど見たくないと思ったのが、むしろはっきり見えるようになった。とくに人の心。

——そうか。鳥居はおこうのことが好きだったのか。

それには、今日、気づいた。

もっと早く気づくべきだったかもしれない。だが、おこうはすでにこの世にはいなかったのだが。

鳥居耀蔵が、おこうを好きになる？

それはまるでしっくり来ない話だった。

鳥居は、愛と自由と平等の精神が、わたしからおこうに伝わったというようなことを言った。だが、それは違う。おこうという女は、もともとそういう女だった。他人にやさしく、ものの考え方は柔軟で、生まれによって人を差別するようなところなどは、最初からなかったのだ。

愛と自由と平等は、知識として頭に入ったかもしれないが、おこうはなにも変わっていない。

しかも、このわたしのように激越なところがない。すべて、あいつの中で柔らかく、自然なものになって、外ににじみ出る。

鳥居だって馬鹿ではない。そうしたおこうの心根については気づいていたはずである。

——にもかかわらず、おこうに魅《み》せられた……。

ということは、愛と自由と平等を生涯の敵のように忌み嫌い、排除しようとする鳥居の気持ちのどこかに、じつはそういうものに強く魅《ひ》かれるところがあるのではないか。

それがあることは、あいつにとって怖いことであり、どこかでひどく怯《おび》えてもいる。だからこそ、あれほどまで、敵対するのではないか。

たぶん、人には百の気持ちというものはない。

零の気持ちもない。

それを百の気持ちや零の気持ちにしようとすると、逆に押し殺されていくほうの感情は強くなっていく。

鳥居はわたしの書いた『巴里物語』を憎み、それを読んだ者まで追いかけ、あの本に書かれた思想を抹殺しようとしている。

——あの、執拗《しつよう》さはいったいなんなのか？

まさか、鳥居はわたしの『巴里物語』を読み、感激したとでもいうのか。その蒙《もう》昧《まい》さをいまになって恥じ、自分の過去を含めて『巴里物語』の一切合財を葬り去ろうとしているのか。

なんとなく、鳥居の心に近づいてきた気がする。

あいつがなぜ、あのように『巴里物語』を憎み、捜し出して、抹殺しようとするのか。そこにはたぶん秘密がある。

そして、それを摑《つか》むことが、鳥居から小鈴を守るための切り札になってくれるのではないか。

紅蜘蛛小僧。

このあいだ、ここに忍んで来ていた男が、そう呼ばれる盗人で、小鈴の店でいっしょに働いているらしい。

その盗人のことは、以前、噂を聞いたことがある。大店などに紅い紐一本を使って巧みに忍び込む。別に金を盗むのではない。大事にしているものを奪って、からかったりする。自分はそれで、なにも得をしているわけではない。

いわば義賊。だが、そのほうが、お上《かみ》には憎まれる。捕まれば死罪は間違いない。

あのとき、声など上げなければよかったかもしれない。紅蜘蛛小僧であれば、こと小鈴の家のあいだをたやすく行き来して、わたしの思いを小鈴に伝えてくれたかもしれない。

――小鈴……。

お前だけは無事でいて欲しいのだ。

五

翌日――。

鳥居耀蔵が、麻布の酒場〈小鈴〉とあの板前のことを調べさせようとした矢先に、

「お奉行。昨日の夜、江戸の方々にお奉行を誹謗中傷《ひぼうちゅうしょう》する落書きが」

と、与力から報告が来た。

「落書き？　どのような？」

「これは紙に書いて日本橋近くの店の前にあったものですが」

半紙を押し出した。

「なんと」

鳥居は唸《うな》った。

歌舞伎嫌いの南町奉行鳥居耀蔵
悪役になって首をはねられるから

「こちらは、尾張町《おわりちょう》の用水桶《ようすいおけ》に貼ってあったもの」

と、もう一枚広げた。

大砲嫌いの南町奉行鳥居耀蔵
ドーンという音で腰が抜けるから

「これが貼ってあったというのか？」

怒りで語尾が震えた。

「はい。こちらは剝《は》がして持って参りましたが、壁や塀に書かれたものは剝がすことができませぬ」

「ううむ」

鳥居は立ち上がった。

「どうなさいました？」

「いまから見に行く。用意せよ」

鳥居がそう言うと、与力は慌てた。

「お奉行。直接、ご覧にならなくとも」

「いや、見る」

「一カ所だけではございませんぞ」

「何カ所だ？」

「すでに取り払ったところもありますが、江戸市中におよそ五十カ所ほど」

「そんなにあるのか。かまわぬ。出る」

鳥居は奉行所を出ると、直接、足を運んだ。さすがに笠《かさ》で顔を隠しはしたが、壁や用水桶の前に立ち、自分に対する誹謗中傷をこの目で見た。

落書きそのものもだが、それを読む町の者たちの反応も確かめたかった。

見ると、平静ではいられなかった。

怒りで血が上り、顔がふくらむような気さえした。

江戸の町は穏やかである。どこをどう見ても、戦の気配はない。悪党が跋扈《ばっこ》する姿もない。

そのあちこちに、自分に牙を剝く者がいるのが不思議だった。

いったい世の馬鹿者どもは、権威を貶《おとし》めてなにが面白いのか。

なぜ、おとなしく自分たちの身を守ってもらおうとしないのか。

いや、落書きなどしているのは、ほんの一部の連中のことなのだ。字を見てもわかるではないか。これはたった一人があちこちに書いて歩いているに過ぎない。

大多数の人々は、幕府の権威にひれ伏し、いまある暮らしをよしとし、この穏やかな日々に満足しているのだ。

ほんの一握りの、ろくでもない連中だけが……。


大塩平八郎《へいはちろう》は一晩中、歩き回った。

夜通し、江戸の町を走り、落書きをした。

疲れは微塵《みじん》も感じない。

鳥居を揶揄《やゆ》するような文言は次々と浮かんだ。

多少、的外れなところもあるかもしれない。だが、それは瑣末《さまつ》なことだった。要は鳥居を怒らせ、民を喜ばせ、笑わせることで権威に対する怯えた気持ちを取り払えればいいだけなのだ。

すでに書きしるし、貼るだけになった紙もあるが、歩いているうちに思いつくこともあるので、矢立てと紙を持ち歩いた。

大塩はまた、不思議な高揚感が蘇《よみがえ》ってきていた。このところ、すこし足りなかったかもしれない。

自分はなんでもできるという自信。この世はどんなふうにも描き変えられるという確信。それこそが、自分をかき立てる原動力だった。

もちろん命など惜しくない。

大坂の失敗以降、自分の人生など夢のようなものだった。

だから、世直しの一揆《いっき》に成功しても、大塩という名を知らしめるつもりもなかった。

大塩の名前さえいらなかった。

名もなき民の一人で充分だった。

——世直し一揆がまもなく動き出す……。

六

「これは、北斎さん」

　星川勢七郎が朝飯を済ませてすこしくつろいでいると、縁側のほうから葛飾北斎が姿を見せた。〈小鈴〉のほうではなく、直接、こっちに来るのはめずらしい。

　もっとも、北斎は怪我をしたとき、しばらくこの家で療養したのである。

「どうだ、小鈴ちゃんは元気かい？」

「ええ。まあ」

「今日は夜、寄って行く暇もないのでな。じつは、また旅に出ることになる」

「またですか」

「どうも、鳥居が奉行になって身辺が穏やかでない気がするのさ」

「やはりそうですか」

「落ち着かなくて引っ越しばかりしている」

「大変ですね」

「それで、信州へ行こうと思っている」

「ああ、いよいよですか」

「今度は足を怪我したりしないから大丈夫だ」

「いやあ、それにしてもそのお歳《とし》で信州に旅をしようというのが凄《すご》い」

「それで、このあいだのお礼をしていないのに気づいた」

北斎はそう言って、懐から四つ折りにした紙を取り出した。

「思い出しながら描いてみた。あんたがいちばん会いたい人だよ。似ているかどうか、忘れてきたところもあるのでな」

北斎が紙を広げた。

一目でわかった。

「おこうさん……」

粗い筆致だが、かすかに色もつけてある。頰のあたりは人肌のようだし、口には紅が差してある。まさにおこうの似顔だった。

「どうだい？」

「そっくりですよ」

浮世絵の、皆そっくりの顔立ちではない。ちゃんと特徴が描かれている。やさしげな眼差し。すこし上を向いた鼻。ふっくらと柔らかそうな唇が微笑《ほほえ》みを湛えている。酒を飲みながら、こっちの話に耳を傾けてくれているときのおこうそのものだった。

「気に入ってもらえたら嬉しいよ」

「いいんですか。いただいても」

北斎にまともに絵を頼んだら、莫大な画料を取られると聞いている。

「もちろんだよ」

「ありがたくいただきます」

「小鈴ちゃんにあげる分は次に描いてくる。今日はあんたの分だけだ」

「それはそれは」

「もしかしたら、小鈴ちゃんより喜びそうな気がしたよ」

北斎はそう言って、別れを告げた。

星川は北斎からもらったおこうの似顔絵を見やった。

食い入るように、じっと見る。

星川の胸いっぱいに恋慕の情があふれた。

星川は、この絵を源蔵や日之助にも見せるつもりだが、しばらくは自分だけで眺めさせてもらうことにした。

おこうを独り占めにしたかった。

絵を胸に入れて、賢長寺のおこうの墓のところに来た。

おこうの三周忌につくった墓だった。

小さな墓。生きているとき、おこうは墓なんていらないと言っていたのを覚えていた。それをつくるのだから、大きな墓など建てたら、怒られそうな気がした。

もちろん、ここにあるのは亡骸《なきがら》で、おこうはいない。

では、どこにいないのだろうか。

――人がどこにもいないというのは、どういうことなのだろうか。

なにか、恐ろしく理不尽なことを押しつけられている気がした。

もうずっと、源蔵や日之助ともおこうの話をしていなかった。あの二人は、だいぶ傷も癒え、おこうの面影《おもかげ》も薄れてきているのではないか。

自分一人だけが、おこうの死んだあとの人生を、余韻のように生きている。

そう思うと、あの二人に勝ったような気がした。くだらないかもしれないが、本当にそう思う。

「ねえ、なに言ってるの、星川さん」

頭の中でおこうが笑った。

「でも、ほんとにそう思うんだよ」

「馬鹿みたいね」

「ほんとだな」

星川はおこうの絵を見ながら微笑んでいた。

七

この四、五日、穏やかな日がつづいているのが、小鈴には不思議だった。

春の気配がどんどん濃厚になってきて、坂の途中にある玄台寺《げんだいじ》の門前の桜のつぼみもふくらみかけていた。

店は本当にうまくいっていた。

今年になって、さらに常連客が増えていた。

のれんを出すのを待ち構えていたように客が入った。席がいっぱいになると、外で空《あ》くのを並んで待つ客まで現われた。

「そんなにいい店なのかい」

「酒はうまいし、季節を感じさせる肴《さかな》もうまい。それにもまして、女将と話すのが楽しくてさ」

そんなふうに伝わっていると聞いた。

並ぶような店には、待ってでも入りたくなるのが人情らしい。

このため、店は腰かけの樽《たる》を四つほど増やし、さらに店の外に順番待ちをする人のための縁台まで置くようになった。

鳥居耀蔵が現われてから、もうひと月近く経《た》とうとしていた。

やはり、紅蜘蛛小僧などというのは、根拠のない話だったのだ。

だから、鳥居耀蔵もいったんは言い出したが、根拠のないことに気づいて、なにをする気もなくなってしまったのだ。

そう思うようになっていた。

「日之さん。菜の花のおひたし、多めにつくっておくわね」

「ああ、そうしてくれ」

春野菜の苦みはなんとも言えない。

この日はまた格別混んでいた。

店を開けようというときには、すでに席の分はすべて埋まってしまうくらいの客が並んでいた。

小鈴が外に出て、のれんを下げるやいなや、どっと中に入って来た。

「いらっしゃいませ」

「小鈴ちゃん。肴のおすすめは?」

「菜の花のおひたしと、イカもおいしいのを仕入れてあります」

「それとそれ」

「ありがとうございます」

最初の客たちが、まだ一本目の銚子を空にしない時分だった。

源蔵が硬い顔でやって来た。

「おっ、親分。この時刻に来るのはめずらしいね」

常連客が声をかけた。

小鈴も振り向いて、

「あら、源蔵さん……」

だが、源蔵の顔色がふつうでないのに気づき、

「どうしたの？」

と、つぶやいた。

「日之さん。ちょっと出て来てくれ」

源蔵は、調理場で忙しくしている日之助に声をかけた。

「え、どうしたんだい？」

日之助は怪訝《けげん》そうな顔で客のいるほうに出てきた。

源蔵の帯から十手が抜かれ、日之助の喉元に当てるようにした。

「神妙にしてもらいたいんだ」

「どういうつもりだい？」

日之助が不安そうに訊いた。

「紅蜘蛛小僧。まさか、こんな身近なところにいるとは、おれも驚いたぜ」

「紅蜘蛛小僧だって！」

客のあいだから素っ頓狂な声が上がった。

「冗談だろう」

「親分、なにを言ってるんだよ？」

だが、源蔵は腰から縄を外し、後ろ手にした日之助をすばやく縛り上げたのだった。

第二章　金のト伝《ぼくでん》

一

皆が唖然《あぜん》としているのを尻目に、源蔵は日之助の背中を押し、外へ連れ出した。

「源蔵さん。どういうこと？」

小鈴が震える声で訊いた。

「いろいろ調べがあるんでな。詳しいことは言えねえんだよ」

「番屋《ばんや》に行くの？」

「いや、このまま調べ番屋に連れて行く」

「調べ番屋……」

小鈴は声を失った。

調べ番屋は八丁堀の周りにいくつかある取り調べのための施設で、大番屋と呼ばれた茅場河岸《かやばがし》のものがいちばん有名である。

　調べ番屋のほうは、町中にある番屋と違って、町人の感覚からすればほとんど牢《ろう》屋《や》と言ってもいい。重大な罪を犯したと思われる者をここに入れ、みっちり審議したうえで、奉行所へと連れて行くのだ。

　牢がつくられていて、中には拷問の道具もあれば、壁に備え付けられた鉄の輪に縛りつけられたりするという話もある。

　ここに入れられるということは、罪が確定したと言ってもよく、ほとんどがこのまま奉行所から小伝馬町《こでんまちょう》の牢に送られたり、処罰されたりする。

「嘘でしょ」

　小鈴は頭が混乱している。いったい、なにが起きたのか。

「ほら、日之助。行くぜ」

「小鈴ちゃん。これはなにかの間違いだ。かならずもどって来る。店はちゃんとつづけてくれよ」

　日之助は前を見たまま言った。

「わかった。日之さんもめげずに頑張って」

源蔵と日之助は坂を下りて行った。

「星川さん。どうなっているんです？」

見送った小鈴が、店の中にもどるとすぐ、星川に訊いた。

星川は、源蔵が来て日之助を縛り上げるあいだ、冷静な目で二人を見ていた。それはなにか知っているからだろう。

ましで、こんなことになる前に、源蔵が星川に相談しないはずがない。

「まずいよな」

と、星川が言った。

「なにがまずいの？」

「言い逃れができるのかどうかさ」

「言い逃れって、なにがあったの？」

「昨日の朝早く、日之さんがなにやら光るものを大事そうに抱えて、芝のほうから帰って来るのを見たって人がいて、源蔵のところに報《しら》せてきたんだそうだ」

星川が話しはじめると、常連客たちも星川と小鈴の周りに集まった。

お九がいる。ご隠居も、甚太《じんた》も、治作《じさく》もいる。

「朝早く？　芝のほうから？」

日之助は、店が跳ねたあとは、ほとんど家に帰って寝るばかりだというのは聞いている。たまに飲みに行くにしても、この界隈で飲んでいるらしい。

「源蔵もまさか、そんな大変なこととは思わないから、いちおう日之さんの家をのぞいてみたらしい。すると、日之さんが慌てたように隠したものがあって、それが金の武士像だったらしいんだ」

「金の武士像？」

小鈴は首をかしげ、ほかの客を見た。

皆、なんのことかわからないというふうに、首を横に振った。

「源蔵が、それはどうしたのか？　と、訊くと、日之さんは拾ったと答えたそうだ」

「拾った？」

「おかしな話だろ。それで、拾ったので、源蔵のところに届けようと思っていたというのさ。そんなもの、どこで拾ったのかと訊くと、芝の鹿島神社のわきに落ちていたんだそうだ」

「芝の鹿島神社？　ああ、芝浜のところにあるやつだ」

と、甚太が言った。

「それで、日之さんは、届けようと思っていたもので、ついでだから持って行ってくれと、これを源蔵に預けたんだそうだ」

「ふうん」

小鈴は星川の顔を見ながらうなずいた。

そう言われたら、源蔵は預かるだろう。日之助も帰ったときは朝の遅い源蔵だからまだ寝ているだろうと判断し、起きるころに届けようと思っていたのではないか。

ただ、慌てたというところが怪しいが、それは源蔵の勘違いではないか。人のいい日之助は、ちょっとしたしぐさのとき、慌てたように見えることがあるのだ。

「重さといい、光り具合といい、源蔵は間違いなく金だと思ったらしい。それで、とりあえず源蔵はそれを番屋に持ち帰り、定町回りの同心が来たら預けることにしたんだ」

「うん」

「ところが、町役人《ちょうやくにん》の、ほら、〈大升屋《おおますや》〉の七兵衛《しちべえ》が来て、これはなんだい？　と、訊いた。それで、この金の武士像を見たことがあると始まったんだ」

「ちょっと待って、星川さん」

小鈴はだんだん嫌な気持ちがしてきた。胸もどきどきする。いつも店に出ているときはほとんど飲まないが、調理場で樽から茶碗に酒を入れ、それを飲みながら話を聞くことにした。

「七兵衛がどこで見たかというと、芝神明町《しんめいちょう》の両替商の〈岡崎屋《おかざきや》〉で見せてもらったというのさ」

「岡崎屋かあ。あそこ両替商で、金貸しもしてるけど、評判悪いんだよなあ」

と、治作が言った。

「それで源蔵は金の武士像を持って、岡崎屋に行ってみたそうだ。岡崎屋のあるじは最初、金の武士とか言われてもよくわからなかったらしい。だが、源蔵が、大升屋がここで見たと言っていたのだがと、持っていた像を見せたのさ。すると、これならわたしのものだと」

「わたしのもの……見せるまでわからなかったなんて、おかしくない？」

と、小鈴が言うと、

「ほんとだ。それはおかしいよ、星川さん」

「そうだよ」

ほかの客も、小鈴の言い分にうなずいた。

「それが、金の武士像などというからわからなかったんだそうだ。それは、金の卜《ぼく》伝《でん》といって、伝説の剣豪を像にしたものなんだと」

「金の卜伝ねえ」

「岡崎屋のあるじは、あるはずのものを確かめるのに、二階に上がった。それでもどって来て、やっぱり盗まれていると」

「それをなんで日之さんが？」

と、お九が訊いた。

「だから、岡崎屋が言うには、紅蜘蛛小僧に盗まれたんだと。紅蜘蛛小僧に盗まれたのはこれが初めてではないらしい」

「そうなの」

「以前、千利休《せんのりきゅう》の茶杓《ちゃしゃく》も盗まれたそうだ」

「まさか、それも日之さんのしわざだなんて？」

小鈴が不安げに言った。

「だが、紅蜘蛛小僧が日之さんだってことになったら、それも日之さんのしわざになっちまうさ」

「なんてこと」

「でも、星川さん。いままでの話じゃ、紅蜘蛛小僧が日之助さんだというのはただの当て推量でしかないでしょう？」

と、ご隠居が冷静な口調で言った。

「そうなんですが、源蔵はそのあと、もう一度、日之さんと話したんだが、どうもはっきりしないらしいんだ」

「そうなのかい」

「それで、紅蜘蛛小僧はこれまで何人かに人影は見られている。痩せて、手足が長いらしい」

「ああ、日之助さんもそうだね」

「とりあえず、これからいろんなやつに面通しさせたり、紅蜘蛛小僧の盗みがあったときに日之さんのいた場所などを、くわしく調べなくちゃならねえ。源蔵はここらの番屋に入れると、逆に野次馬が寄って来たりして可哀そうなので、調べ番屋に持っていったんだ。かならず牢に入るとは限らねえよ」

星川はそう言って、小鈴の肩を励ますように叩いた。

「小鈴ちゃん」

甚太がすまなそうな顔で言った。

「なに？」

「こんなとき、こんなことを訊くのは身勝手かもしれないけど、この店、どうなっちまうの？」

「日之さんから、ちゃんとつづけてって言われた」

じっさいには、紅蜘蛛小僧が日之助だったということになれば、店自体にもお咎《とが》めがあるかもしれない。

だが、それをいま口にするのはつらい。

「じゃあ、酒の肴はみんな……？」

「あたしがつくる」

小鈴はきっぱりと言った。いままでだって、季節の看板料理はあたしがつくってきたのだ。

「それで運んだりするのは？」

「おいらがやるしかねえだろうが」

星川が怒ったように言った。

二

この日は、さすがに客足は少なかった。

日之助がお縄になったという話が、このあたりを駆け回ったらしく、とりあえず遠慮するといったところだろう。

小鈴がのれんを入れるため外に出たところに、源蔵が帰って来た。

「お帰りなさい」

どうしても怒ったように言ってしまう。

「小鈴ちゃん、なにか食うもの、あるかい？」

「うどん、食べてくれると助かる」

「ああ。頼むよ」

おでんの汁にうどんを入れ、菜の花のおひたしもいっしょに載せた。

よほど腹が減っていたらしく、うまそうにすする。

小鈴は食べ終えるのを待って、

「日之さん、どうだった？」

できるだけ冷静に訊いた。

「ああ、落ち着いてるよ」

「まさか、拷問にあったりとか？」

「大丈夫だよ。そんなことはしてねえ」

最後の客が帰り、店の中は小鈴と源蔵と星川の三人だけになった。

「星川さん、源蔵さん」

小鈴はかすれた声で二人の名を呼んだ。

「ああ」

「なんだい？」

「なんか、あるんだよね？」

と、小鈴は訊いた。

「……………」

「なんか、あるに決まってるよね。でも、あたしには言いたくないんだね」

そこまで言うと、涙があふれてきた。

「三人で相談したの？」

「……………」

「それで、あたしは心配する役目なんでしょ。本気で心配する役目。だから、言わないでおいたほうがいいんだよね？」

星川と源蔵は、

「小鈴ちゃん。そりゃあ、なんかはある」

「だよね」

「おいらたちも必死なんだ。もちろん、日之さんの命だって危ないかもしれねえ。だが、おいらたちも日之さんと一蓮托生なんだ」

「そうだろうね」

「だから、このままにしておいてくれ。いいな」

「わかったよ」

小鈴はうなずいた。でも、なにもできない分、心配しつづけることになる。

小鈴が戸締りする音を確かめると、星川と源蔵は並んで坂を下りはじめた。

「まず、第一関門は突破したじゃねえか」

星川がつぶやくような低い声で言った。

「そうなんです。岡崎屋が、あれは自分のものだと言い出してくれないと始まらねえ。まんまと引っ掛かりやがった」

源蔵も小さな声で言った。

「つくづく欲が深いんだな」

「ええ、そうですね。それにしても、金のト伝だと言いやがって、あれには笑いそうになりましたよ」

「まったくだ。大方、鹿島神社で拾ったというあたりから咄嗟《とっさ》に思いついたんだろうがな」

「鹿島神社ってト伝と関係あるんですか?」

「ああ。塚原《つかはら》ト伝は、常陸《ひたち》の鹿島神社の神主《かんぬし》の息子だったと伝えられているのさ」

「そうでしたか」

「だが、これからは綱渡りみたいなもんだぞ」

「ええ、覚悟はできてますよ」

源蔵の家の近くで二人は別れた。

どう見ても、人生に疲れ果てた中年の男たちであった。

三

日之助はなかなか寝つかれずにいた。

調べ番屋になど入るのは、もちろん初めてである。

亀島橋《かめじまばし》に近いこの調べ番屋は、まさに牢屋だった。窓には鉄格子が嵌《は》まっている。

漆喰《しっくい》の壁からは、鉄の輪が出ていて、重罪とほぼ確定したやつは、ここに後ろ手で縛られ、横になって寝ることもできないらしい。

部屋のわきには、噂どおりに拷問の道具が置いてある。三角の木に平たい石。あの木の上に正座させられ、石を抱かされるのだろう。

そんな拷問にかけられたりしたら、楽になりたい一心で、やってもいない罪を白状してしまうだろう。

今日は拷問のようなことはなかった。

顔見知りの同心である佐野《さの》章二郎《しょうじろう》の調べも、どことなく遠慮がちだった。

だが、この先はわからない。

一畳分の畳に横になり、薄い布団をかぶって、窓から見える月を眺めた。この季節でよかった。これがもうすこし前だったら、さぞや寒かったことだろう。

今日、小鈴の顔をまともに見ることができなかった。

最後にかけてくれた声は、泣くのを必死で耐えている声だった。

おこうと小鈴。

姿が重なり出したのは、いつごろからだったろう。

去年あたりか。いまはもう、おこうではなく、小鈴の姿を見ている。いや、見つめている。

包丁を使っている横顔。客の話を聞くときの真剣な眼差《まなざ》し。しゃがみ込んで、犬のももに声をかけるときの笑顔……。

小鈴がそばにいることが、どんなに幸せなことか。

おこうに対する後ろめたさまで感じてしまう。

つまり、あれほど好きだったおこうのかわりに、小鈴がその場所に座っている。

「小鈴ちゃん」

小さく口にしてみた。

もう逢《あ》えないということはないだろう。ただ、次に逢うときは、日本橋のたもとで晒《さら》されているかもしれない。

いくつもの幸運が必要だった。

読みの的中は最低限の条件だった。

小鈴は布団の中で涙が止まらずにいた。

悲しいとかつらいとかいうより、激した気持ちを身体が鎮《しず》めたがっているように、次から次へと涙を流している——そんな感じだった。

母を好きだった三人の男たち。

その三人が、母の遺志を継いでつくってくれた飲み屋に、娘のあたしがちゃっかり居座った。

しかも、母がひそかにやっていた逃がし屋の仕事。それも引き継ぐことになった。

いまは、当たり前のように暮らしているが、やっぱり変な事態なのだろうか。

変な事態は、当然、変な結末をもたらすのだろうか。

三人は、なにかしようとしている。いつもの小鈴なら、たとえ置いてきぼりにされても、三人の意図を探ろうとしただろう。わずかな手がかりから、裏にある狙いを見つけようとしただろう。

だが、今日は頭がさっぱり働かない。

「みかん。来て」

足元にいる猫を呼んだ。

「みゃあ」

みかんは面倒臭そうに小鈴の顔のほうに来て、胸元に入り込んだ。

猫の身体の柔らかさが救いだった。

四

翌日——。

八丁堀の亀島橋に近い調べ番屋に、芝神明町から岡崎屋金右衛門《きんえもん》がやって来た。

「わざわざすまんな」

定町回り同心の佐野章二郎が、岡崎屋を迎えた。早くから来ていた源蔵も、佐野の後ろで頭を下げた。

「いいえ」

「ま、座ってくれ」

佐野は一段高くなった座敷のほうへ岡崎屋を上げた。

「はい」

座敷に腰を下ろした岡崎屋は一通り中を見回し、不安げな顔をした。

「そなたはやはり、あれは盗まれたと言うのだな?」

佐野は背中にある長櫃《ながびつ》をちらりと見て言った。金のト伝は、まだ岡崎屋にもどしておらず、しばらく預かることになっている。

「間違いございません。うちの茶室に飾っておいたもので。それは、大升屋さんも見たとおっしゃっているでしょう」

「うむ。じつは、大升屋の記憶だけでは弱いので、飯倉の漬け物屋の〈立花屋《たちばなや》〉もいっしょにいただろう？」

「はい。立花屋さんも来てましたな。だが、立花屋さんはご覧になったかな」

と、岡崎屋は自信なげな顔をした。

「いや、立花屋も見たと言っておった」

「やっぱり」

「それでは、あの像は金のト伝ということで間違いないわけだな」

「はい」

「由緒あるものなのか？」

「もちろんでございます。あれは、ト伝がこう、構えてますでしょう」

「うむ、そうだな」

「塚原卜伝という剣豪は、いろいろ秘剣がありましてな。なんと言いましたか」

「一《いち》の太刀《たち》というのも有名だし、笠《かさ》の下《した》という秘剣もあったらしい」

「そうそう。その笠の下を遣う寸前を像にしたものだそうです」

「では、ずいぶん古いものなのだな」

「古いと聞いてます」

「そなた、どこで手に入れた？」

「もう、ずいぶん前のことでして」

「うむ」

「兄貴が浅草の骨董屋《こっとうや》で見つけたそうです。ばったもののみたいな扱いだったらしいですよ」

「ほう」

「金もメッキだと思っていたみたいで」

「それを入手したのか」

「ええ。それをまた、あたしが譲ってもらったわけです」

「なるほど」

佐野章二郎は、いまの話を書きとめた。

「それで、面通しですが」

「ああ、そうだ。そのために来てもらったのだ。じゃあ、まともに顔を合わせるより、そっと見てもらうか」

「そうしていただくと助かります。睨《にら》みつけられたりしたら、夢見が悪くなりますので」

「そうだろうな」

佐野は、奥の部屋とのあいだにある格子窓の障子を少しだけ開けた。

「いるだろ。あいつだよ」

佐野は小声で言った。

日之助はそっぽを向いている。

「ちょっと見えませんね」

「じゃあ、声をかけるから、よく見ておいてくれ」

「はい」

佐野は戸を開けて、中に声をかけた。

「日之助」

「はい」

日之助は佐野を見た。

「腹は減ってないか？」

「大丈夫です」

「それなら、いい」

佐野は戸を閉めた。

「どうだった？」

「あれが、紅蜘蛛小僧なんですか？」

岡崎屋は唖然としている。

「そうだよ」

「驚きましたねえ」

「知ってるのかい？」

「蔵前の〈若松屋《わかまつや》〉の日之助さんじゃないですか」

「知ってる男なのか？」

佐野もまた驚いて訊いた。

「ええ。昔から、よく知ってますよ。蔵前の大きな札差《ふださし》です。あたしの兄貴とも商売仲間です。ただ、日之助さんは若松屋を勘当されてますよ。ちゃんと届けも出ているはずです。もうあの家の者じゃありませんよ」

「そうなのか」

勘当というのは、ちゃんと認められた制度である。家族であれば累《るい》が及ぶ罪も、勘当していれば関係ない。

むろん、若松屋に連絡する必要もない。が、世間を騒がせた紅蜘蛛小僧だったとなれば、人の口に戸は立てられないだろう。

「身体つきはどうだ？」

「身体つきですか？」

「以前、入られたとき、ちらりと姿を見たんだろう？」

「ああ、そうです。ええ、痩せて、手足が長かったから、一致しますね」

岡崎屋はしれっとした顔で言った。

「じゃあ、おいらのほうは、今日はそんなところかな」

と、佐野は言い、

「なんか訊くことはあるか？」

源蔵を見た。

「もともと知り合いだったんですね？」

源蔵は岡崎屋に訊いた。

「そうです。勘当になる前は、会合などでよくいっしょになってました。若いけれど、商売のことはよくわかっていましたよ」

「なんで勘当になったんだい？」

「さあ、おやじさんと肌が合わず、ことごとくぶつかったとは聞きましたが、くわしいことは……」

言葉を濁した。

「だが、そんなによく知っている人のところに、泥棒に入るかね？」

「え？」

「だって、ちらっと見られたりしたら、正体を悟られる恐れだってあるんだぜ。そこに入るかね？」

源蔵は不思議そうに訊いた。

「さあ、あたしには泥棒の気持ちまではちょっとわかりかねます」

「そうかい。わかった」

源蔵も調べを切り上げた。

五

「なに、紅蜘蛛小僧が捕まった？」

南町奉行鳥居耀蔵が、筆頭与力である栗田《くりた》次郎左衛門《じろうざえもん》の報告に、思わず顔を上げた。この数日の市中のできごとを報告させていたのだが、たいがいはどうでもいいことだった。この日初めて気になったのが、この報せだった。

「はい。まだこちらに来ておりませんが、いま、調べ番屋のほうに入れて、くわしく問い詰めているようです」

「正体は？」

「麻布一本松坂の飲み屋で板前をしていた日之助という男です」

「やっぱりか」

「お奉行、ご存じなので？」

栗田は目を瞠《みは》った。

「うむ、以前からひそかに目をつけていた男だ」

「ほう、そうでしたか」

栗田は尊敬のまなざしを向けた。

「罪状はなんだ？」

「芝の岡崎屋という両替商から、金のト伝像を盗んだという疑いです」

「その場で捕まえたのか？」

「いえ、持っているところを目撃され、拾ったなどと弁解したそうです。ただ、盗みに入った疑いは極めて濃厚のようです」

「間違いあるまい。もう、こちらに連れて来るがよい」

「え？」

「いまからでもよい」

「ですが、まだ、調べの途中ですぞ」

「ぐずぐず言うなら、わたしが白状させてやる。大丈夫だ。すぐにお白洲《しらす》まで連れて来るよう、呼びに行け」

　鳥居は勢い込んで言った。


　慌ただしく日之助は南町奉行所に連れて来られた。

　鳥居耀蔵は、控えの間に入ると、ちらりとお白洲を見た。間違いなく、あの日之助がいた。

「そこに、あやつが盗んだという金のト伝像が」

　と、与力が指を差した。

「え、これが？」

　鳥居耀蔵の顔色が変わった。

「はい、それです」

「これが、金のト伝だと？」

　鳥居は手に取り、目を近づけ、眺めまわした。高さは一尺（およそ三十センチメートル）はない。七寸（およそ二十一センチメートル）ほどか。だが、間違いなく金の重さである。

「日之助とは何者なのだ？」

「蔵前の札差〈若松屋〉の跡取りでしたが、いまは勘当されています」

「若松屋の！　若松屋の倅なのか！」

鳥居耀蔵は、明らかに動揺していた。

第三章　妖怪裁き

一

鳥居耀蔵はお白洲に出た。眩しさにすこし目を細めた。

尋問は得意である。

というより、大好きである。

相手の矛盾を突き、ねちねちと締め上げていくときの喜びといったら、これぞ町奉行の醍醐味だと思ってしまう。

すでに調べを受ける者は白い砂利《じゃり》の上に這《は》いつくばっている。きれいな白い砂利の上の、薄汚れた生きもの。白い砂利だからいいのだと、鳥居は改めて思った。

もしも、この裁きの場が赤土などで蔽《おお》われていたら、裁く側も寛大になってしまうのではないか。生きていくには困難なこの世。そこでやむにやまれず犯す罪。赤土だったら、そんな気持ちが出てしまうかもしれない。

這いつくばっているのは一人だけである。本来なら、ほかに証人や長屋の大家などを呼び出すが、そんな暇はなかった。鳥居が急遽《きゅうきょ》、用意させた裁きの場である。与力の栗田は不満そうだったが、そんなものは無視した。

麻布坂下町住人、日之助。

またの名を、紅蜘蛛小僧。

「南町奉行鳥居甲斐守忠耀《かいのかみただてる》さまであるぞ」

吟味方の与力が名を告げた。

「はいっ」

日之助はまだ俯《うつむ》いている。

「よい。面《おもて》を上げいっ」

鳥居が声をかけると、日之助は顔を上げた。

ついこのあいだまで、〈小鈴〉の板前と、客の林洋三郎として、何度も顔を合わせてきた。この男のつくるねぎぬたや、ぶり大根を肴に、いまだって一杯やりたい気がする。

「そなた、芝の岡崎屋に忍び込み、二階の茶室から金の像を盗んだであろう」

いきなり核心に入った。ふだんはもっと遠回しに責めていく。

「いいえ。そのようなことは、いたしておりません」

「では、どうして持っていた？」

「落ちていたのです」

「はて、さて。そのようなものを落とす者が、金ぴかでずしりと重いあの像を、落として気がつかぬような者が、この江戸にいると思うのか？」

「本当に落ちていたのです。飲み過ぎて、潮風に当たろうと、芝浜を歩いてますと、鹿島神社のわきの砂浜で、波打ち際あたりにきらりと光るものがあったのです」

「きらり、となあ。だが、そなたは明け六つごろ（午前六時ごろ）に麻布で目撃されている。ということは、拾ったのはまだ暗い時分だったはずだ。それで、きらりと光るか？」

鳥居は声を少し大きくして訊いた。われながらいいところを突いたように思う。

「月明かりに光ったのです」

「光るかな。では、夜になったら、そなたの言うのが正しいか、試してみることにしよう」

「はい」

日之助は、自信ありげにうなずき、

「波が来て、さらに光りました」

と、言った。

「ところで、見えていたのは、頭のほうだったか？　それとも足のほうだったか？」

「頭のほうでした」

足が見えていたと言わせたかった。あれは台座の上に載っているので、足だけが見えるというふうにはならないのである。

「それで、どうした？」

「掘り出してみたら、あの像が出てきました。輝きといい、重さといい、本物の金だと思いました」

「ふつう、猫ばばしようと思うのではないか？」

「滅相もない。これはすぐ、お上に届けるべき品だと思いました。だが、どうせ届けるなら、仲間でもある岡っ引きの源蔵さんに届けようと、その像を持って、麻布の家まで帰ったのです」

「だが、そのほうはすぐに届けようとはしなかったではないか？」

「それは麻布にもどったのは、明け六つを過ぎたくらいで、源蔵さんもまだ寝ているに違いないと思い、いったん寝てしまったので。それで、ちょうど起きなければと思ったあたりに、源蔵さんが訪ねて来たわけです」

「もどって来るとき、そなたを見かけた者の証言もある。なにやら、こそこそしていたらしいではないか」

「あんな金ぴかなものを朝方持ち歩いているのは、いかにも怪しいと、自分でも思ってしまったからです」

「では、あくまでも拾ったと言い張るのだな」

「拾いました」

「そのほうが持っていたものの持ち主が現われた」

「はい」

「芝の岡崎屋だ」

「ええ」

「岡崎屋のことは知っているな？」

「はい。兄上の蔵前の岡崎屋さんともども、いろんな会合でごいっしょしていました」

「その岡崎屋に、紅の紐を使った盗人が入った形跡があった」

「……………」

「そして、それまであった金のト伝像が消えていた。そのことに心当たりはないか？」

「いえ。まったく」

日之助は首を横に振った。

鳥居は尋問しながらも、なぜ岡崎屋にあったのかを考えていた。岡崎屋になどあるわけがないのである。

だが、理屈に合う説明はつきそうになかった。

「岡崎屋のことはどう思う？」

「商い上手で、札差をしていたころは、羨《うらや》ましく思っていました」

「そなた、以前の実家は蔵前の札差だったそうじゃな」

「はい」

「なんと言う札差だ？」

「若松屋と申しました」

「その若松屋と、蔵前にある岡崎屋は、代々の商売敵《がたき》でもあるらしいな」

「だから、盗みをと？」

「であろう？」

「そんなことを申しましたら、商売敵は岡崎屋さんだけではございませんし、だいいち、わたしは勘当になった倅。いまさら実家の味方をするいわれはありません」

「ううっ」

それはそうだった。では、実家に対する復讐だったのか。

「日之助。そなたの行状をこれからくわしく調べる。三年前あたりまでさかのぼってな。したがって、まだまだここを出すわけにはいかぬ」

「そんな」

日之助が唖然とした顔をすると、鳥居は嬉しそうに笑って、

「大番屋から、奉行所内の牢に移せ」

二

小伝馬町の牢のようすというのは、人づてに聞いたことがあった。暗く、じめじめして、三日もいれば病気になるようなところらしい。また、牢の中にいる罪人たちが恐ろしげで、とても生きた心地はしないらしい。

だが、この奉行所の牢は違った。

板張りの牢は、簡素だが、むしろ清潔だった。同牢の罪人もおらず、あと二つある牢にも、誰も入っていなかった。檻《おり》の外にある窓からは日も差し込んでいた。遠く石町《こくちょう》の鐘も聞こえた。

日が暮れ、明かりは廊下の向こうにあるろうそくだけになった。

夕飯が出た。椀一杯の多めの麦飯と、わかめの味噌汁、それに沢庵《たくあん》と梅干しだけの簡素なものだったが、飯も味噌汁もうまかった。

することはないが、日之助は身体を鍛えはじめた。

つま先立ちになり、足に負担をかけるようにしながら、牢の中をぐるぐると汗が出るまで歩き回った。

つづいて檻の上のほうに手をかけ、身体を持ち上げるようにした。これができなくなると、紐を伝って屋根に登るような芸当もできなくなる。また、両方の手のひらを胸の前で押しつけ合ったり、逆に引き合ったりという動きもした。

すでに玉の汗が流れている。

最後は、身体中の筋を伸ばす。首から足のつま先まで、伸ばせるところはぜんぶ伸ばす。これらをつづければ、牢に何十日入れられても、体力の衰えは避けられるはずだった。

鳥居耀蔵がやって来たのは、だいぶ遅くなってからだった。

静かに牢の前にやって来ると、

「そなたは怪しいやつよのう」

と、言った。

「何が怪しいのでしょう。わたしはただの板前ですが」

「いや、そんなわけはない。世間もすでに大騒ぎだぞ。ほら」

と、鳥居は瓦版を三種類、檻の前に並べた。

それにはそれぞれ別の絵が入っていたが、見出しはどれも同じで、

「怪盗紅蜘蛛小僧にお縄」

と、あった。

「わたしが紅蜘蛛小僧のわけがありませんよ」

「いや、考えれば、思い当たることだらけだ。そなたは、おこうさんともつながるのだな」

「おこうさんと?」

鳥居が自分をこの牢に入れたわけに気づいた。お白洲でおこうの話はしにくい。林洋三郎として通っていたことも、あまり知られたくないのだろう。だが、紅蜘蛛小僧のことより、核心はそっちなのではないか。

「おこうさんが深川でやっていた店の周辺から、蘭学者が消えた。女一人でそんな大胆なことができるのかと疑っていたが、きさまのような悪党が協力していたとなれば、話は別だ」

「そんな馬鹿な。わたしは深川にいたころのおこうさんなんて知りませんよ」

「それはどうかな。わたしは、深川の店でも、そなたを見かけたことがあるような気がしてきた」

「……………」

日之助は深川の店など本当に知らない。

だが、この鳥居はおこうの深川時代も通っていたらしい。

疑心暗鬼。

この男の性格なのだろう。妄想が果てしなく連鎖していく。

どんな罪状でもでっち上げる。そう言われている。だが、もしかして、当人はでっち上げとは思っていないかもしれない。

むしろ、本気で信じているのかもしれない。

自分の頭がつくり出した妄想を。

――だとしたら、でっち上げも、自分の信念の発露なのではないか。

日之助の胸に、得体の知れない恐怖が押し寄せてきた。

蔵前天王町の岡崎屋に、芝から弟の金右衛門が来ていた。

十日に一度くらいずつ、兄弟は互いに行ったり来たりしたが、今日は金右衛門が急いで駆けつけて来たのである。

「金のト伝？」

と、兄の岡崎屋が言った。

「そう。いいものなんだ、これが」

「それをお前のものだったってことにするのか？」

「だって、そう証言する者がいたからさ。十日ほど前にうちで催した茶会で見たんだと。たぶん、張飛《ちょうひ》の像と見間違えているんだ」

金右衛門は、茶室に三国志の張飛の金の像を飾っておいた。やはり刀を抜いているところの像だった。

「あれと間違えるかね」

「光るものならいっしょに見えるんじゃないか？」

「そうかもしれないな」

「それで、そう言う者がいるんだから、あたしのものだと言ってしまったのさ」

「ほかに持ち主が出てきたらどうするんだ？」

「出て来ないさ。だいいち、もう、ほかの持ち主を探したりするわけがない」

「だが、紅蜘蛛小僧はほんとに拾ったわけじゃねえだろう？」

「そりゃそうさ。どこかから盗んだんだ」

「そうしたら、盗まれたやつが騒ぎ出すぞ」

「そのときは、こっちも強気で言い張るさ」

弟の金右衛門は意地を張るように言った。

「そんなにいいものなのか？」

「ほとんど混じりっけなしの金だな」

「ほう」

兄の岡崎屋は興味を示した。

「ただ、台座の裏に名前が入っていた」

「なんと？」

「安住不楽斎立像と」

「安住不楽斎？　聞いたことがないな」

「物知りの兄貴でも？」

「ああ、知らない」

「あたしはつい、芝浜の鹿島神社のわきで拾ったなどという嘘を聞いたもので、すぐに塚原卜伝の像だなどと言ってしまった」

「塚原卜伝のな」

「まずかったかな？」

「いや、かまわないさ。大昔の剣豪だし、鹿島神社に縁《ゆかり》があるし」

「だが、安住不楽斎というのが別にいたらどうする？」

「有名なやつにはいない」

「そうか」

「ああ。それに、そういうときは、古文書をでっち上げて、本物にすればいい」

「どうやって？」

「私家版の日記みたいなものをつくり、それに卜伝が当家を訪ねてきた。書を頼むと、〈安住を楽しまず〉と書いてくれたとかなんとかかな」

「安住を楽しまずか。なるほどな」

「塚原卜伝は、生涯のほとんどを武者修行で過ごした剣豪だ。まさにぴったりの文句だろうよ」

「たしかに」

「知り合いに頼んですぐにやっておいてやるよ。それで、ほんとの持ち主が出てきたとしても、お前の言い分が通るさ」

「なるほどなあ」

弟は感心した。

「それで、驚いたのは、紅蜘蛛小僧が〈若松屋〉の勘当になった倅の日之助だったってことだよ」

「なんだと！」

これには兄の岡崎屋も仰天した。

「ああ、間違いない。もしかしたら、若松屋はそのことに薄々気がついていて、それで勘当しておいたんじゃないか？」

「そうかもしれない」

「だが、若松屋をつぶすにはいい話だと思わないか？」

「なんで？」

「倅が盗人だぜ」

「だが、巷《ちまた》じゃ人気者だぞ」

「逆に若松屋の人気は上がりかねないか」

「奉行所の月番はどっちだ？」

「南だよ」

「鳥居じゃないか。若松屋とうまくやってるみたいだぞ」

兄の岡崎屋は微妙な顔をした。

「そうなのか？」

「そもそもは、おれが鳥居に紹介した。鳥居は最初、うちに接触してきたんだが、なんだか危なっかしい感じがしたので、若松屋をおっつけたんだ」

「そんなこと言ってたな」

三年ほど前、たしかにそう言っていた。

「まさか鳥居が町奉行になるとは思わなかった」

「じゃあ、若松屋をつぶすのは無理か」

弟の金右衛門はがっかりした。若松屋がつぶれれば、得意先をずいぶん岡崎屋が奪えるはずである。

「それどころか、疑いは不十分だということで、日之助は解き放たれるかもしれないぞ」

「そうか」

「だが、金のト伝はお前のものになる。そこらで、話はおさまるな」

「じゃあ、それでいいか」

弟の金右衛門は、さっぱりした顔で言った。

三

日之助が奉行所の牢に収監された翌日——。

鳥居耀蔵が蔵前の福井町にある札差の〈若松屋〉の店先に現われた。

札差の店先というのは、あまり特徴がない。全国から集められた年貢米は江戸の蔵前の周辺にある米蔵へ納められ、旗本や御家人《ごけにん》の給米となるのだが、米が渡されるわけではない。その米を委託販売し、換金するのが、札差なのである。

商品である米は蔵のほうに保管され、店先にはない。したがって、店は旗本や御家人がたむろするだけである。

鳥居は編笠を少し持ち上げ、あるじの安之助《やすのすけ》の姿を探した。

だが、奥にいたあるじは、鳥居よりも先に気づいて、急いで店先にやって来た。

「これは鳥居さま、いや、お奉行さま」

「話がある」

「では、奥へ」

札差の奥は、大名など大口の客相手に、豪華なつくりになっている。

「いや、上がらぬ。ここは危ないかもしれぬ」

「危ないとは？」

「話を聞かれるかもしれぬ」

「なにをおっしゃいます」

「外へ出てくれ」

鳥居はこの店に不信を抱《いだ》いている。どこで話を聞かれているかわからない。

安之助もなにごとかと緊張している。

「そなたの店の小舟があっただろう」

「はい」

「その上で話そう」

「わかりました」

近くの大川の河岸から小舟を出した。お得意さまと吉原や深川へ往復するときに使ってきた舟である。

若松屋のあるじが漕《こ》ぎ、鳥居耀蔵が一人だけで乗った。

「そなた、倅がいたそうだな」

「はぁ、跡継ぎがいます。何度もご挨拶《あいさつ》させたはずですが」

「ほかにもいるだろう」

「ああ、日之助のことですか。あれは三年以上も前に勘当いたしまして、うちとはいっさい関わりはありません」

「関係がないのに、なぜ、あの像を持っている」

「あの像とは？」

「わたしの像。そなたが、町奉行の就任祝いと申しておった像だ」

「あれはいま、箱をつくらせていて、できあがったら奉行所にお届けすることになっておりますが」

「その像はもう、奉行所に来ている」

「え？」

若松屋は、なんのことか、さっぱりわからないという顔である。

「紅蜘蛛小僧というのは知っているか？」

「ええ。盗人でございましょう」

「紅蜘蛛小僧の正体は、そなたが勘当していた日之助だった」

「なんですって」

若松屋は苦しそうに口をぱくぱくさせた。

「知っていて勘当したのではないのか？」

「滅相もございません」

「思い当たることはないか？」

「ありません。お奉行さま、それはなにかの間違いでは？　日之助にそんなだいそれた真似ができるわけがないです」

「そうかな」

鳥居は疑わしげに若松屋を見た。

「日之助はどこに？」

「いま、捕まって奉行所の牢にいる」

「あれはもう、うちとはなんの関わりもない者です。まさか、うちにお咎めが？」

「そのようなことを言っているのではない！　なぜ、あの像をそなたの倅が持っていた？」

「あの像とは？」

「だから、そなたが町奉行の就任祝いに贈ってくれると申していた像だ」

「あれを日之助が？」

「しかも、それは芝の岡崎屋のものだというのだぞ」

「岡崎屋の？」

「岡崎屋は知っているだろう？」

「もちろんです。兄は蔵前で札差をしていて、弟は芝で金貸しなどをしています。

芝というなら弟のほうでしょう」

「その像は、岡崎屋から盗まれたものだというのさ」

「なんのことやら、さっぱりわかりませんが」

若松屋の視線があちこちに目まぐるしく動く。金儲《もう》けの方策を提案するときはどれほどの切れ者かと思う男だが、いまはわけもわからず殴られた犬のように周章狼狽している。

「なんでわからぬ！」

鳥居は癇癪《かんしゃく》を起こした。

ちょっと入り組んではいるが、わけがわからぬところは別にないはずである。

「本当にあの像なので？」

「あの像だ。間違いない。ちゃんと下に名前も刻んであった。安住不楽斎とな」

安住不楽斎とは、鳥居が若い時分から、漢詩を詠むときなどに使ってきた号である。

鳥居に寄贈してくれると言い出したとき、名ではなく、号を刻んでくれと頼んだのである。いま思えば、号にしておいてよかった。あれなら知る者はほとんどいない。もし、名など刻まれていたら、話はどうこじれたことか。

「そんな馬鹿な」

若松屋は首を左右に振った。

「嘘ではない」

「ちと、見てまいります」

小舟をもどし、舟を着けて、店にすっ飛んで帰った。

鳥居が苛々《いらいら》しながら待っていると、すぐにもどって来て、

「おっしゃるとおりです。盗まれていました」

青い顔で言った。

「日之助がひそかにもどって、夜、盗んでいったのだろうが」

「信じられません。それを、なんで岡崎屋が？」

「日之助が持っているところを見咎められ、番屋が預かった。それをあのあたりの者が岡崎屋で見たという話になった」

「え？」

「岡崎屋を問い質《ただ》すと、まぎれもなく、自分のものだと言ったそうだ」

「どうなっているのでしょう？　では、日之助がわたしのところから盗んでいって、岡崎屋にくれたのですか？」

「岡崎屋は盗まれたと言っておるのだぞ」

「わけがわかりません」

二人はしばらく沈黙した。

鳥居もまた、なにがどうなっているのか、わからない。

「そなたがきちんと管理しておかぬからだ」

「いいえ、ちゃんと蔵に入れておきました」

「だが、かつて日之助が跡継ぎとしていたのだから、いくらでも開けられるだろうが」

「そんなことができるとは思えません。だいいち、錠前だって昔とは替えてますから」

「では、日之助ではないと申すのか？」

鳥居が訊くと、若松屋はゆっくり目を見開いて、

「鳥居さま。岡崎屋が動いたということだって、あるんじゃありませんか？」

「なに？」

「どこかから岡崎屋があの像のことを聞いたのです。金細工師か、それとも型をつくった仏師か。そこで思いついたのです。あれを盗み出し、世間に晒すことができたら……」

「まずいな」

「それで、わたしと鳥居さまの癒着を明らかにすれば、鳥居さまも、この若松屋も共倒れになる。岡崎屋のいいことだらけではありませんか」

「だが、岡崎屋はわざわざ日之助を使うか？」

「うちに恨みがある日之助をけしかけたのかもしれません」

「なるほど。そうなるか」

鳥居は唸った。

鳥居耀蔵は、奉行所にもどると、すぐに芝の岡崎屋金右衛門を呼び出した。

だが、岡崎屋は出かけていて、奉行所に駆けつけてきたのは、夕方になってからだった。鳥居は、お白洲に岡崎屋を座らせた。

「お白洲に？　なにごとでございましょう？」

岡崎屋も青くなっている。

「岡崎屋。嘘を言うなよ。この像は誰のものだ？」

と、鳥居は没収してある金の卜伝を、岡崎屋に見せた。

「それは、あたしの兄がだいぶ前に浅草の骨董屋で手に入れたのを、いいものなので譲ってもらったのです」

岡崎屋は、ぬけぬけとした顔で言った。

「まことか？」

鳥居は岡崎屋を凝視しながら訊いた。

岡崎屋が、この像がじつは鳥居耀蔵の像であると知っているようには、どうしても見えないのである。

「はい」

「この像の底には、文字が記してあるぞ」

「ございます」

「そなたのものなら、もちろん知っているよな」

「はい。安住不楽斎と」

「どういう意味だ？」

「塚原卜伝の座右の銘であった言葉です。安住を楽しまずと。そのことを証明する古文書もございます」

「古文書があるだと？」

鳥居耀蔵はだんだん妙な気持ちになってきた。

安住不楽斎は、鳥居が漢詩をつくりはじめたまだ十代のころから使っていた号である。だが、なぜ、そのような号にしたのかは覚えていない。

もしかしたら、そのような書物を読み、それから取ったのだろうか。かつての剣豪たちの行状を記したような書物。読んでいても不思議はない。

「お呼び出しだと聞き、おそらくこういうことかと、お持ちしました。これが古文書でございます」

古びた日誌のようなものと、あいだに挟まれた書付《かきつけ》である。

まさに、この像が塚原卜伝の像であると証明するものだった。

いったい、どういうことなのか。

「ほんとだな」

安住不楽斎という名は、本当にあったのである。

だとしたら、自分の号が贋物《にせもの》になってしまうではないか。


鳥居耀蔵は、岡崎屋を引き取らせた。それから夕飯のあいだじゅう、金の像について考えを巡らした。日之助、若松屋、岡崎屋の三人のうち、誰かが嘘を言っているのだ。いずれも嘘をつきそうな連中である。

——わからん。

こうした入り組んだ話を整理するのは、戸田吟斎が得意である。

鳥居は吟斎を呼んだ。

「ちと、訳がわからなくなってきた」

「何がです?」

鳥居はこれまでのことを話した。

「なるほど。ずいぶん錯綜《さくそう》した話ですな」

「考えていくと、若松屋の話も怪しくなってくる。本当は最初から安住不楽斎の像があり、それを見つけたから、わたしにお祝いの品にするなどと言い出したのかもしれぬ」

「なるほど」

「どうしたらいい？」

「慌てることはありません。ゆっくり責め上げていけばいいのですよ。そのうち、どこかでぼろが出ます」

「そうだな」

「日之助とやらは、まだしばらく奉行所の牢に置いたほうがいいでしょう」

戸田吟斎の落ち着いた口ぶりに、鳥居は安堵《あんど》を覚えていた。

四

翌日――。
星川勢七郎が、そろそろ坂の上の〈小鈴〉に向かおうと支度をしていると、縁側のほうから源蔵がやって来た。

「朝、佐野さまがこちらを訪ねられたそうですね?」

と、源蔵が訊いた。

「ああ、来たよ」

定町回りの佐野章二郎は律義なところがあって、日之助がいまどうなっているかを詳しく報告してくれたのである。

「昨日、岡崎屋がお白洲に呼ばれたそうだぜ」

「そうですか」

「岡崎屋はお白洲で、あの像は自分のものだと証言したそうだ」

「お白洲でね」

「ああ。もう引っ込みはつかない。しかも、卜伝のことを書いた古文書まで出してきたそうだ」

「そんなもの、あったんですか?」

源蔵は驚いた。

金の像の出どころは、日之助から聞いて知っている。

「捏造《ねつぞう》したに決まってるさ」

「まったく、呆《あき》れた強欲ですね」

「鳥居はどう思っただろうな」

「怒らなかったのですか？」

「やけに考え込んでしまったらしい」

「へえ」

「鳥居というのは、やはり根は思慮深い男なのだろう。すぐにカッとなったりはしない」

「それで、考え過ぎて、訳がわからなくなるんですね」

源蔵は楽しそうに笑った。

「いまのところはうまくいってるな」

「ええ。上々でしょう」

「まったく、いろんなことが起きるぜ」

星川は感慨深げに言った。

「ほんとですね」

源蔵もうなずいた。

鳥居が、日之助を紅蜘蛛小僧ではないかと指摘したあの晩――。

家を訪ねた星川と源蔵に、

「わたしが紅蜘蛛小僧なんです」

と、日之助は告白したのだった。

「あの鳥居という人に目をつけられたら、もう逃げようがねえ。捕まって拷問されたりして、わたしは白状することになる。その前に、こっちから自首して出たほうがいいと思う。源蔵さんに、お縄にしてもらいたい」

これは、やはり衝撃の告白だった。

星川は、かつてともに悪党を追いかけた岡っ引きの清八《せいはち》に、紅蜘蛛小僧を追いかけるという約束をしたこともあった。

源蔵もまた、瓦版をつくっていたころ、紅蜘蛛小僧のことは何度も記事にしていた。

その本人が、ともに店を立ちあげ、いっしょに働いてきた仲間だったのである。

衝撃で、星川も源蔵も、しばらくは声を失くしたものだった。

話の口火を切ったのは源蔵だった。

「紅蜘蛛小僧ってのは悪党だったのかね」

「え？」

日之助が怪訝そうな顔をした。

「おれは何度も紅蜘蛛小僧のことを瓦版に書いたが、書いていて義憤を感じた覚えなんか一度もねえんだ。ただ、痛快な気分を感じただけだった」

源蔵がそう言うと、

「町の連中もそうだったぜ。悔しがったのは、盗まれた当人と、町方の者だけだった」

と、星川が言った。

「紅蜘蛛小僧が忍び込んだのは、大店や大名屋敷ばかりだったよな？」

「ああ、そうです」

日之助はうなずいた。

「金を盗んだことはあるかい？」

「盗まれた金を取り戻したことはありますよ。ここでも、おかまに騙《だま》された金が厠《かわや》から出てきたことがあったでしょう。あれは、わたしがやったことだったんです」

「あれがそうか」

　星川と源蔵は顔を見合わせた。

「でも、盗んだことは一度もないですね。ときどき、わたしに盗まれたなどと騒ぐ者がいたが、わたしのしたことじゃなかった」

「ああ、そんな騒ぎもあったっけ」

「だが、金目のものを盗んだのは確かです。十両盗めば首が飛ぶが、わたしが盗んだのは十両なんてものじゃない。何百両もするお宝だった」

「それは、どうしたんだい？　盗まれたのが別のところから出てきたこともあるって聞いたぜ？」

「ああ、神社や寺の賽銭箱の上に置いたり、大名屋敷だったら池の中に放り投げたりしていたんです。なかには、いまでも見つかっていないものがあるんじゃないかな」

「へえ」

「でも、持ってきたものもいくつかありますよ。岡崎屋ってところから盗んだ千利休の茶杓というのは、〈小鈴〉の台所で、塩を一つまみ入れるときに使ってるんです」

「あれがそうか」

　と、星川が呆れたような声で言った。

「なあ、星川さん。それって盗みかね？」

　源蔵が星川に訊いた。

「え？」

「町方の星川さんや、いま岡っ引きをしているおれからすると、まあ、盗みと言ってもいいかもしれねえ。でも、そこらの町人からしたら、そういうのは盗みとは言わねえ。悪戯《いたずら》って言うんだよ」

「なるほどな」

　と、星川は苦笑した。

「これがほんとに盗みだったら、星川さんもおれも、日之さんを庇《かば》うのは気が咎めるよ。でも、悪戯だぜ。悪戯も悪事だと言えば、そうかもしれねえ。でも、それくらいの悪事をしねえやつが、この世にいるか？　星川さんはずっと町方の同心だったから、それはわからねえ。だが、おれみてえな、巷のろくでなしの類《たぐ》いは、その程度の悪さは山ほどしてきてるぜ」

「いや、じつを言うとな、おいらもそれくらいの悪さは山ほどしてきた。ろくでなしを脅して袖《そで》の下を膨らませたこともあるし、先輩が女を手籠《てごめ》にしたことは、頼まれて表沙汰《おもてざた》にしなかった。いまでも、あの娘にはすまなく思ってる。そういうことを思い出していったら、恥かしくて眠れなくなるくらいさ」

「そういうのと比べて、日之さんのしたことは悪いかね？」

「いや、おいらは、先輩の悪さを見逃したことのほうが、ずっと悪いと思うぜ」

「星川さん……」

日之助はそう言って、涙を滴らせた。

「だから、おれは紅蜘蛛小僧の悪事は見逃そうと思ってるんだ。星川さんはどうだね」

「おいらも賛成だよ」

「ただ、おれたちは見逃しても、あの鳥居耀蔵はそうはいかねえ」

「ああ、そうだな」

それから、長い沈黙があり、

「いったん牢に入ってもらおうか」

と、星川が言ったのだった。

五

あのとき——。

星川が言い出した策は、驚くべきものだった。

日之助はいったん牢に入るが、

「ただ、ほんとの罪で入るのは駄目だ。あとで出られなくなる。無実の罪で入ってもらうんだ」

「そんなもの、どうやってつくるんですか？」

「無実の罪なんかつくるのはかんたんさ。そんなことは日之さんが手伝えば、いくらだってできる。ただ、あいつらを困惑させ、二度と日之さんに手出しができないようなものにしたい。それには知恵を絞らなくちゃならねえ」

そして、ああでもない、こうでもないと考えるうち、日之助が最近、実家の若松屋と鳥居耀蔵が懇意にしているという話を聞いたことを思い出したのだった。

「なんでも、わたしのおやじが鳥居耀蔵の町奉行就任祝いに、金の像をつくり、祝いの品にしようとしているらしいんです」

「金の像？　そいつはきな臭い話だぜ」

「賄賂《わいろ》ですよ。札差の世界じゃ日常茶飯事だが、それを公《おおやけ》にすれば、やはり平然としてはいられないはずです」

「それを利用できないか？」

星川はさらに考えた。

そして、昔、似たようなことがあったと、あの大仕掛けを思いついたのだった。

いまはまだ、仕掛けの半分も達成していない。これから、鳥居耀蔵をぎゃふんとさせるような仕掛けが始まるのだ。

――この、奉行所の牢に入ることも、星川さんが読んだとおりだったな。

日之助はそう思いながら、床に大の字になった。

鳥居耀蔵は直接、日之助を調べたいだろう。小伝馬町に入れてしまったら、それはできない。奉行所の牢に入れれば、始終、話をすることができるのだと。

「小伝馬町の牢よりは居心地がいいぞ」

とも、星川は言っていた。

じっさい、そのとおりだった。

今日も飯は三度、定刻に出てきた。朝と晩は一汁一菜の麦飯だが、昼はうどんだった。ねぎや大根、にんじんに豆腐など、具沢山で、おかわりしたくなるほどのうまさだった。おそらく、奉行所の下働きの連中が食べているものを、そのまま持って来ているらしかった。

これで退屈しのぎに本でも読めればまさに言うことなしだが、そうはいかない。

だいぶ遅くなって、足音がした。

やって来たのは盲目の男だった。

日之助はもちろん何者かは知っている。戸田吟斎。おこうの夫で、小鈴の父。そして、一連の騒ぎの元になった『巴里物語』という書物を書いた人。

「日之助だな？」

「ええ。どなたさまで？」

とぼけて訊いた。

「戸田吟斎と申す」

「戸田さま？」

「そなたとは、たぶん、前に会っている」

「さあ、どこでですか？」

日之助はとぼけた。

「それはいい」

「いいので？」

「わたしが話したいのは、そんなことではない」

「なんでしょうか？」

「わたしを助けてくれぬか？」

吟斎は真摯《しんし》な顔で言った。

「え？」

逆の台詞《せりふ》ではないか。牢にいるのは日之助なのである。

「そなた、出るために入ったのだろう？」

「…………」

「いろいろ考えたのだろう。だが、出られるかどうかはわからんぞ。なにせ、ここの奉行は面倒な心根だからな」

「………」

「だが、もしも出られたら、わたしを助けてもらいたいのだ。わたしは、小鈴の父だ。死ぬ前に、小鈴に伝えたいことがある。伝えるべきことは、まだはっきりわからぬ。いま、それを考えているところなのだ」

「………」

「頼む」

吟斎は手を伸ばしてきた。日之助の手を摑みたいらしい。

この先、思わぬことも起きるぞ――星川はそう言ったし、日之助も覚悟していた。

だが、戸田吟斎がこんなことを言ってくるなどとは、まるで予想していなかった。

第四章　もう一人の紅蜘蛛小僧

一

幕府の評定所《ひょうじょうしょ》は、お城の外濠《そとぼり》から内濠につながる道三濠《どうさんぼり》の河岸のそばにある。

ここに連日、寺社奉行、勘定奉行、南北の町奉行、さらに大目付《おおめつけ》や目付たちが集まり、江戸の政《まつりごと》についての会議がおこなわれていた。

北町奉行の遠山金四郎と、南町奉行の鳥居耀蔵は、しょっちゅうこの会議でいっしょになる。鳥居は、遠山が嫌で仕方がなかった。

遠山は、鳥居の言うことに賛意を示したことなど一度もない。どうあっても賛意を示さなければならないときは、そんなことは当然だと言わんばかりに薄ら笑いを浮かべている。うなずくことさえしない。

逆に、反対のときは、正面切って猛然と抗議をしてくる。その言いようは、格下の役の者に対するようだし、まったくの感情論だったりする。

しかも、遠山は江戸の町人たちが喜ぶような施策をわざとらしく主張し、鳥居から反論を引っ張り出すようにする。

先日も、芝居の中身について取り上げ、鳥居がそれを弾圧すべきだと言わざるを得ないような流れをつくった。そして数日後には、鳥居の話が瓦版あたりに載っていたりするのだ。それは、遠山が洩《も》らしたとしか思えないほど、話の内容が詳細だった。

この日はとくに、老中水野忠邦《ろうじゅうみずのただくに》も出席していたが、その席で、

「大塩平八郎が生きているかもしれません」

と、鳥居耀蔵は言った。

「大塩平八郎ですと……」

これには一同、顔を強張らせた。

ずっと噂はあったのである。大塩が挙兵に失敗し、逃走先で爆死したあとも、すぐに「大塩は死んでいない」という噂が江戸にまで聞こえていたのである。

だが、それは怨霊伝説のようなもので、真に受ける者は少なかった。

しかも、大坂で起こした乱から、すでに五年の歳月が経とうとしている。次第に忘れられつつあると言ってもいい。

「鳥居どの。いまさら、なぜ?」

勘定奉行の一人が訊いた。

「わたしはずっとその噂を追いかけてきたのです。噂には、往々にしてとんでもない真実が隠されていたりするのです。そして、その大塩がかつての乱の残党や協力者を集めて、この江戸にてもう一度、乱を起こそうとしているのですぞ」

鳥居は低い声で、まるで怪談話でも語るように言った。

「なんと」

一同は青くなって、北町奉行として功績を上げつつある遠山金四郎を見た。

遠山は一同の視線にうなずき返し、

「いやいや、鳥居どの。うかつにそんな話など持ち出してよろしいのか」

と、苦笑しながら言った。

「うかつですと?」

「さよう。じつはおいらもその話は摑んでいる。爆死したというのは大塩平八郎の替え玉で、当人は江戸に出てきたのではないかという話でござろう」

遠山は、こうした会議の席でも、自分のことをわざとらしく「おいら」と呼んだりする。それがまた鳥居は気に入らない。「お前は町人か」と言いたい。

「ええ、その話です。わたしは、大坂の乱のことを耳にしたときから、大塩の死は怪しいと睨んでいました」

「ま、それは誰でもちらりとは疑うわな」

「ううっ」

「だが、民というのはそういう話を好む。義経《よしつね》は平泉で死ななかった。真田《さなだ》幸村《ゆきむら》は豊臣秀頼《とよとみひでより》を連れて、九州へ逃げた。そんな話だらけだ。おいらは、大石内蔵助《おおいしくらのすけ》も切腹したのは贋者《にせもの》だったという噂を聞いたことがある」

遠山がそう言うと、出席者はどっと笑った。

この一座を笑わせるというのも遠山の得意技である。座をなごやかにし、決まりかけていた事項を、遠山の意見のほうにひっくり返したりする。

「では、遠山どのは、大塩の噂もその手の話なのだと？」

決めつければいい。そうすれば、大塩を捕縛したとき、遠山の大失敗が明らかになる。

「いや、贋者と決めつけるわけではない。しかし、よしんば大塩が本当に生きていて、江戸でも悪さを働いたとしたとき、大塩のしわざと騒ぎ立てるのが、幕府にとって得策ですかな？」

「え？」

「大坂町奉行所の失態が明らかになるばかりか、反幕勢力を元気づかせることにもなりかねない。ここはなんとしても、大塩の贋者ということで最後まで通したほうがよいのではありませんかな？」

遠山がそう言うと、

「たしかにそうだ」

「大塩が出たなどと騒がぬほうがいい」

と、寺社奉行や勘定奉行たちはうなずいた。

「噂に惑わされ、おたおたしているなどと思われるかもしれぬ」

「民に馬鹿にされては最悪だ」

「そういえば、鳥居どのを揶揄するような落書きを見た」

だんだん話の雲行きが怪しくなってきた。

「わたしは、なにもそれを公表しようというのではありませんぞ。ただ、大塩がいるかもしれないという疑念を言っただけです。それを贋者とするにせよ、まずはその大塩を捕まえてからの話じゃないですか」

鳥居は憮然《ぶぜん》とした顔で言い、同席している老中水野忠邦の顔を見た。

だが、水野はさりげなく下を見たきり、鳥居を弁護するようなことはなにも言わない。

いま、幕閣の中で、もっとも強大な権力を握っている水野忠邦も、遠山のような男は苦手らしく、どこかに遠慮がある。もしかしたら、なにか弱みでも握られているのかもしれない。

「そんなに切羽詰まっているのですか？」

遠山は鳥居に訊いた。

「そう思います。大坂で起こしたようなことを江戸で起こされたら、その影響は全国に波及しますぞ」

「じつは、おいらも大塩の噂を早くから耳にし、方々に探りを入れてきました」

遠山がそう言うと、

「ほう」

などという感心したような声が方々から上がった。

なぜ、鳥居には感心しないのに、遠山が言うと感心するのか、これがまた鳥居は気に入らない。

「それで、おいらの家来が怪しげな連中のすぐ近くまで迫っていました。ところが、つい先日、中川の上流で探索中に斬り殺されてしまったのです」

遠山はそう言って、一同をゆっくり見回した。

鳥居は思わず目を逸《そ》らしてしまう。

「大塩か、一味の者に斬られたのか？」

寺社奉行の一人が訊いた。

「それが奇妙なのです」

「奇妙？」

「大塩というか、怪しいやつらが四人、中川の上流で火薬を扱っていました」

「火薬だと。それはまた物騒な」

「おいらの家来がそれを突き止め、さらに隠れ家まであとをつけようとしていたらしいのです。ところが、その途中でばっさり斬られて……」

遠山は無念そうに顔をしかめた。

「まさに、そいつらのしわざではないか」

「違うのです。その怪しい四人を追う、もう一人の男がいたのです」

「もう一人？」

「ええ。そして、おいらの家来は、どうやらその者に斬られて死んだようなのです」

「それはまた解せぬ話だな」

寺社奉行の言葉に、ほかの出席者もいっせいにうなずいた。

鳥居だけがこぶしを握り締め、硬い表情で遠山を見ている。

「解せぬのです。おいらが推測するに、その者が一人で動いているとは考えられない。どうも第三の勢力が動いているものと思われます」

「第三の勢力？」

「そうです。その者たちの思惑は定かではありません。おいらの家来の十手も奪っていきました」

「十手を?」

「おそらく、大塩の動きを見張りながらも、なにかことを起こさせた上で、漁夫の利を占めようとでも思っているのではないでしょうか」

「卑劣なやつらだな」

と、水野が言った。もちろん、それが鳥居の甥のしわざだったとは知らない。鳥居はいたたまれないような気分になってきた。

——遠山のやつ、薄々勘づいているのか。

だが、確証はないはずである。

「いま、あらゆる手をつくして、斬った者を探しています。花火師など何人もが顔を目撃していますので、なあにそのうち捕まえられると思います」

「顔など当てになるかな?」

水野が訊いた。

「水野さま。江戸の町人を馬鹿にしてはいけませんよ。あいつらは、とにかく人のことはよく見てるんです。その野郎のことも、顔だけではありません。紋どころや、着物の柄、言葉づかい、声の特徴、いろんなところまで目や耳に入れているんです。かならずや下手人に辿《たど》りつくことでしょう」

鳥居は遠山の言葉に、背筋が寒くなった。

二

八幡信三郎は、奉行所の裏手の私邸のほうで、剣の稽古に励んでいた。

庭に出て、真剣を振り回している。

「きえいっ」

「かあっ」

敵の動きを想定し、それに立ち向かうように剣を振るう。

敵はおよそ二十人。それが次々に斬りかかってきている。

すでに七人斬った。手首から先が三つほど地面に転がっている。それに足を滑らせないよう動く。

凄《すさ》まじい剣技に、相手の攻撃が鈍くなっている。最初のうちは数を頼んで勢いがよかったが、八幡の剣に恐怖を覚えたのだ。こうなると、もう数はまったく問題ではない。

「ふっふっふ、来いや、ほら。それだけいて、怖いってことはないだろうよ」

そう口にした。これがじっさいの斬り合いであっても、そう言うだろう。

「来ないなら、こっちからいくぜ」

打って出た。

身体を左右に振りながら、一人、二人と斬った。

血脂で切れが悪くなってきた。すばやく、倒れている男の刀を摑み、それで一人斬った。

斬れ味は悪くない。

「ほおら、どんどん来やがれ」

だが、残っているやつらは逃げ腰で、じっさい後ずさりを始めた者もいる。

飛ぶように前進し、右に左に剣を振る。相手の動きはよく見えている。

「きさまが最後か！」

逃げようとした男の背中を斬り、八幡信三郎は剣を止めた。

さすがに息は切れている。汗もどっと噴き出してきた。

向こうの台所のほうで、女中が二人、こっちを気味悪そうに見ている。怒鳴り声が聞こえていたのだろう。

なんと思われようと、知ったことではない。

人を斬る快感。あれはやはり、味わったものでないとわかるまい。刃の鋭さが腕にはっきりと感じられる。相手は肉を断たれ、血を噴出させる。そのとき、心に鬱《うっ》屈《くっ》していたものもいっきに解放される。

奉行所には罪人の首を斬る仕事があるという。じっさいはそれを、外の者に代行させているらしい。山田浅右衛門《やまだあさえもん》。首斬り浅右衛門。その名は昔から聞いていた。

外にまかせるとは、なんと勿体《もったい》ないことをするのか。

——おれなら喜んでやる。

八幡はそう思った。

「信三郎」

後ろで呼ぶ声がした。

まだ私邸にもどる刻限ではないのに、叔父の鳥居耀蔵がいた。

「叔父貴」

「話がある。来てくれ」

叔父の表情は硬い。

書斎のほうに入るとすぐ、

「まずいぞ」

と、鳥居は言った。

「なにがです？」

「遠山は薄々勘づいている。わたしの手の者が大塩を追っていて、あいつの家来もそっちに斬り殺されたと思っているのだ」

「わたしのしわざだと？」

「いや、そこまではわかっておらぬ。だが、そなたは何人もの町人どもに顔を見られている。もしかしたら、人相などから辿りつくかもしれぬ」

「そんな……」

そうなったら白を切りつづけるしかない。

「そなた、遠山の家来から十手を奪ったりしたか？」

「いえ」

「では、大塩たちが持って行ったのか……つまりは、大塩たちはそなたの存在を知っていることになる。どういうことかわかるか？」

「どういうことです？」

叔父の言い方はときどきまどろっこしく感じる。

「大塩たちが捕縛され、いろいろ取り調べがおこなわれるうち、そなたがしたことも発覚するのだ」

「ああ……」

やはり、あれはかなりの失敗だったのか。

「遠山も追っているなら、なんとしてもわれらが捕縛しなければならぬ」

「ええ。叔父貴、わたしを出してください」

遠山の家来を斬ったと報告してから、奉行所裏の私邸からは出ないようにと命じられていた。

「駄目だ。遠山の手に落ちるかもしれぬ」

「わたしならあいつらを捕まえることができます。あのときだって、あとを追えるはずだったのです。遠山の家来が現われなかったら、きっと隠れ家まで辿りつけたでしょう。だから、大塩を見つけ、捕縛したあとで、あいつは捕り物の邪魔をしたので斬ったと言えばいいでしょう。それなら充分、言い訳も立つはずです」

「なるほど」

「それしかない。わたしが追い詰められれば、叔父でもあり、匿ってもいる叔父貴のところにも面倒は及びますよ」

「ううっ。確かにそなたの言うとおりだろう。遠山がそなたまで辿りつけば、せっかくわたしが手にした町奉行の座も危うくなる。わかった、明日から動いてくれ」

「かならずや、大塩を」

八幡信三郎は、おのれの嗅覚《きゅうかく》に自信があった。

三

筒を咥《くわ》え、先を柱のほうに向けて、ぷっと吹いた。

紙を丸め、先に針をつけた矢が、かなりの速さで飛び、赤い丸を描いて貼った紙の的に命中した。見事にど真ん中。

吹き矢の命中率はかなり高い。

矢を丁寧に、筒の大きさと合うようにつくれば、ほとんど百発百中と言ってもいい。


すっかり忘れていた。

思い出したのは、もし母さんだったら、星川さんが鳥居耀蔵を斬ろうとしたとき、吹き矢を持ち出したのではないか——そう思ったからである。

致命傷を与えることはできない。だが、まるで思いがけないところから飛ぶ吹き矢は、顔や目に命中させれば、かなり威力を発揮したのではないか。

人の目に当てるなんてことを自分ができるとは思えないが、星川の危機を目の当たりにしたときには、やれてしまう気がする。

その稽古をしているとき、

「あたしのこと、覚えてる？」

と、訪ねて来た女がいた。

「あら、お久しぶり」

前に一度、ここを訪ねてくれた。名はお染《そめ》。吉原で遊女をして、身請けされたが、旦那がぽっくり逝《い》ってしまった。

「覚えてた？」

「お染さんでしょ」

「ありがとう、小鈴ちゃん。たいそうな繁盛ぶりだって聞いてたけど、なかなか来られなくて」

「おかげさまで」

「日之さんは？」

「それがちょっと、旅に」

「旅？」

怪訝そうな顔をした。嘘は通じないかもしれない。

「じつは、奉行所の牢に」

「えっ」

さすがに驚いた。

「日之さんが捕まるようなこと、する？」

「それがね……」

ちらりと星川を見た。星川はうなずいて、

「日之さんに紅蜘蛛小僧だという嫌疑がかかったんだよ」

と、言った。

「紅蜘蛛小僧が日之さん？」

「あり得ねえだろう」

「日之さんなら、あり得るかも」

「おい、困るよ、そんなことを」

星川は慌てて言った。昔、吉原で日之助のなじみだった女がそう言うと、推測に重みが出てくる。あまり奉行所の連中の耳には入れたくない。

「あら、ごめんね。でも、紅蜘蛛小僧ってずいぶん世間を騒がしたわりには、なにか悪いことしたの？」

「そうなんだよな」

「なんか気持ちの中に鬱屈したものがあって、それをあんなかたちで発散してたんでしょ。捕まったとしても、大きな罪にはならない気がするけどね」

「そりゃあ甘いな」

星川はつらそうに首を横に振った。

小鈴もそう思う。日之助は出られなければ、獄門首にされてしまう。

「日之さんがいなくなって、誰が料理を？」

お染は店の中を見回して訊いた。

「あたしがしてるんです」

「店のほうは、元同心の旦那が？」

「ああ、おいらしかいないのでな」

「旦那が酒を運ぶの？　肩で風を切っていた元同心さまが？」

「お酌までしてるぜ」

嘘ではない。もっとも常連に限られるが。

「駄目だよ、それは」

そう言って、ぷっと噴いた。

「小鈴ちゃん。あたしに手伝わせて。ほんとはもっと早く来たかったんだけど、食べるのに苦労しないのでだらだらしちゃったの」

お染はそう言って、小鈴に手を合わせた。

「ほんとにいいの？」

客のほうも、星川のお酌よりは何倍もいいはずである。

四

「どうです、大塩さま」

五合目の半次郎《はんじろう》が顔を出したのは、千駄《せんだ》ヶ谷《や》の町人地にある武具屋だった。〈甲州屋《こうしゅうや》〉と書かれた看板が掲げられている。間口が小さく、品物の飾り方がなんとなく素っ気ない。鎧兜《よろいかぶと》が一対と、刀掛けに刀が数本。武器を売るより、高価な骨董でも売っていそうな品のいい店構えである。

「これは半次郎さん」

ここのあるじになっているのは、大塩平八郎だった。

「お似合いですよ、大塩さま」

「そうですか。ことが成功した暁《あかつき》には、こういう小さな店のあるじも悪くないなと思っていたところですよ」

「なにをおっしゃいます。新しい政の中心になっていただかなければ」

「それにしてもここは絶好の隠れ家です。武器があっても怪しまれない。よくぞ見つけていただいた」

「なあに、ここらの富士講の連中が探してくれたのですよ。跡取りのいない武具屋というのは、まさにお誂《あつら》え向きでしたね」

千駄ヶ谷は町人よりも武士の多いところだが、ここの瑞円寺《ずいえんじ》には千駄ヶ谷富士と呼ばれる富士塚があって、富士講も熱心なところらしい。

元のあるじは、富士講の御師《おし》である半次郎が提示した額に満足し、二つ返事でこの店を譲ってくれたのである。

「本当だ。わたしにはまだまだ運があると思った」

「もちろんですとも」

するとそこへ、

「いらっしゃい、半次郎さん」

奥から橋本喬二郎が現われた。こちらは、いかにも手代《てだい》ふうの髷《まげ》を結っている。

「おや、橋本さんでしたか。いつもながら変装がうまい」

「それらしく見えますか？」

「完璧です」

「ただ、ほかの連中はどうも手代っぽく見えませんでね。それに間口のわりに手代が多いので、どうしたものかと」

と、橋本が困った顔で言った。

仲間があと三人、ここで決起の日を待っているのだ。

「客になるしかないでしょう」

「そうか。客になって出入りすればいいのか」

「いまのところ、ここを怪しむ者は？」

半次郎は、帰りぎわに訊いた。

「大丈夫です。そうした気配には気をつけています」

橋本は微笑んでうなずいたが、

「ただ、鳥居のところにいるらしい若い侍、あいつだけは気をつけなければいけません。おそろしく勘が発達している気がします」

それは自分に言い聞かせた言葉だった。

五

八幡信三郎は夜もだいぶ遅くなってから、奉行所にもどって来た。

ふだん、どことなく世の中を舐《な》めたようなところがあったこの若者が、めずらしく切羽詰まった表情をしている。やはり、遠山金四郎の家来を斬ってしまった失敗の大きさをひしひしと感じているらしい。

「どうだ、収穫は？」

夜食につくってもらった握り飯を食べている甥に、鳥居耀蔵は訊いた。わずか一日で収穫などあるはずがない、そう思いながらである。

ところが、八幡信三郎は、

「大いにありました」

と、自信ありげに言った。

「たった一日でか？」

たしかに夜が明けるのを待ちかねたように出て行ったらしい。いまはもう真夜中に近い。薄汚れた袴《はかま》や足袋《たび》を見ても、一日中歩きつづけたのだろう。

それにしたって、わずか一日である。

「ええ」

「どんな収穫だ？」

「叔父貴の落書きですよ」

「今日もまた出たのか？」

鳥居はうんざりしたように訊いた。

二日前にも出回った。貼り紙が十数枚、壁の落書きが五つ、見つかっている。いずれも南町奉行鳥居耀蔵をからかうもので、遠山金四郎については書かれていない。それもまた、腹立たしいことだった。

「いや、二日前のやつです」

「目撃者はまだ見つかっていないだろう？」

各町の番屋、自身番、さらには大名や旗本が出す辻番もすべて当たっている。だが、よほど警戒心の強い下手人らしく、姿かたちはまったく見られていないのだ。

「そんなことは調べません。どうせ、岡っ引きたちが探っているのでしょう?」

「ああ」

幕府を侮辱する不届き者をなんとしても捕まえよと、同心たちとその手先の者に厳命を下している。

「わたしは落書きが書かれた刻限を訊《たず》ね歩きました」

すでに貼り紙は集められ、壁の落書きも消されているはずである。だが、それが見つかった場所などは、詳しく調べてある。八幡信三郎はそれを元にくまなく訊ね歩いたらしい。

「刻限を?」

「ええ。もちろん、姿が見られていないのだから、書いた時刻はわかりません。ですが、それが発見された時刻を聞いて回りました」

「それで?」

「最初に見つかったのは、四谷でした。それから、飯田町や神田、日本橋などでも見つかり、最後に見つかったのは、赤坂あたりの貼り紙でした。これはなにを意味していると思われます?」

「え？　そうか。四谷の先のほうから来て、ぐるりと江戸を回り、また赤坂の先のほうへ帰ったのか。ということは」

「その先は、青山、そして千駄ヶ谷。そうです。その者はぜったいに、そのあたりに隠れ住んでいるのです」

「なるほど」

鳥居は膝《ひざ》を打った。

言われてみればたしかにそうである。何十人もの同心や岡っ引きが、それぞれの落書きを貼ったり書いたりした者の目撃者を捜している。だが、そんなふうに一晩の足取りについて考えた者は、まだ誰も出てきていない。

この若い甥っ子だけが、それを考えたのだ。

「大塩の筆跡は取り寄せていますか？」

「いや、わたしはしておらぬ。だが、大塩からの書状をもらった者はいるはずだ」

「そんなものは皆、処分しているでしょうね。いちおう、大坂から取り寄せ、見比べてみるべきでしょう。わたしは、あれは大塩のものだと思います」

「大塩が自分で動いているのか？」

「大坂のときほど仲間を集められないのではないでしょうか。いまは、三、四人くらいのものかもしれません」

「そうだな」

むやみに数を増やせば、仲間割れが始まったり、内通者が出たりする。大塩はそれを警戒しているのだろう。それに、たとえ数人であろうと、幕府に反対する機運が整ってさえいれば、一揆のようなところまで持っていけるのかもしれない。

「浪人者が何人か集まって住んでいれば、目立たないわけにはいかないでしょう。明日はその方向で浪人者が大勢いるところを捜してみます」

握り飯を食べ終え、茶を飲みながら、八幡信三郎は言った。

「そなた、こうしたことについては凄いな」

「そうですか?」

「ああ、凄い。天才だ」

世辞ではなくそう思う。この甥が敵であったら相当に鬱陶《うっとう》しいだろう。

「それでしたら、わたしを奉行所の与力あたりにお取り上げいただけたら」

「わかった。それは約束しよう。この件というか、遠山の家来殺しが一段落したらな」

「よろしくお願いします」

八幡信三郎は、深々と頭を下げた。

六

「疲れたでしょう、お染さん？」

最後の客を送り出したお染に源蔵が訊いた。四半刻《しはんとき》（およそ三十分）ほど前に来て、夕飯を食べながら、お染の働きぶりを見ていたのだ。

「いいえ、ぜんぜん」

お染は首を横に振り、外ののれんを中に入れた。

「ちゃんと日当は出しますから」

「とんでもない。凄く楽しかったし、勉強にもなった。あたしも店をやってみたくなっちゃったよ」

「へえ」

「旦那が家作と金を残してくれたので、いままでお金のために働かなくて済んだんだけど、女も仕事を持つべきだよなって思ってたの」

お染の言葉に、調理場にいる小鈴が、

「そうよねえ」

と、うなずいた。

「それで芝にあるいまの家が、一人住まいには広いくらいで、こんなふうに一階をお店にしようかなあって」

「ほう」

「ただ、小鈴ちゃんみたいに料理が上手じゃないので、ちょっと変わった料理を売りにしようかなって考えてるの」

「変わった料理ってなんだい？」

源蔵は興味を持ったらしい。

「日之さんは知ってるんだけど、あたしって変な食べものが好きで、じっさいよく食べてるんですよ」

「薬喰いかい？」

星の河
女だてら　麻布わけあり酒場9
刊行記念

風野真知雄からのメッセージ

「女だてら　麻布わけあり酒場」シリーズも9巻目となりました。本作『星の河』は前巻までの、一話ごとに謎を解く構成とは異なります。居酒屋〈小鈴〉の平穏な日々が終わり、物語が大きく動いてゆくのです。本シリーズはいよいよ次作が最終巻となる予定です。私の場合、シリーズ開始の時点で結末まで考えて書き始めるわけではないのですが、こうして終わりが近づいてみると不思議と一話目から結末は決まっていたような、これ以外の終わり方はあり得ないような、そんな気がするのです。『巴里物語』をめぐる男たちの戦い、〈小鈴〉の仲間がどうなってゆくのか、最後までどうぞお付き合いください。私の近況としては最近はロボットに興味があります。某組み立てマガジンの付録ロボットを手に入れたいのですが、不器用なので、誰か代わりに組み立ててくれたらなぁと思っています。

幻冬舎時代小説文庫　風野真知雄の本

女だてら 麻布わけあり酒場 1～9

女将に惹かれた客が集う居酒屋では、市井の奇怪な謎を肴に常連客が大盛り上がり。だが幕府と開明派の対立が深まるにつれ、お侠な女将は新たな役割を果たすことになる――。

爺《じじ》いとひよこの捕物帳 1～3巻

心優しく勘は冴えるが、遺体を見ると血の気が失せてしまう下っ引きの喬太。博識で経験豊富な伝説の忍び・和五助翁の力を借りて、江戸にはびこる怪事件の真相を追う！

風野真知雄の本　次巻のご案内

2013年夏発売予定

爺《じじ》いとひよこの捕物帳　第4巻

2013年冬発売予定

女だてら　麻布わけあり酒場10

幻冬舎　〒151-0051 東京都渋谷区千駄ヶ谷4-9-7 Tel. 03-5411-6222 Fax. 03-5411-6233
幻冬舎ホームページアドレス　http://www.gentosha.co.jp/

「それもする。獣から海のもの、山のもの、とにかく毒じゃなかったらなんでも食べるの」

「ゲテモノか？」

「ゲテモノは見た目が気持ち悪いのばかりでしょ。あたしのは違う。昔のお客さんには、山の猟師もいたし、海の漁師もいた。日照りで口にできるものはなんでも食ったという人もね。そういう人たちから、めずらしい話を聞くのが好きでさ」

「そりゃ面白そうだ」

「飢えて、牛とか馬を食べた人の話を聞いたけど、肉はもちろん、牛なんか尻尾とか、内臓とかって、ものすごくおいしいんだって」

「それはおれも聞いた。内臓は煮込むとうまいらしいな」

「それで、あたしも一度だけ食べたんだけど、ほんとにおいしいの」

「へえ。食ってみてえもんだな」

「魚だって、まぐろは脂の多いところは食べないから捨てちゃうでしょ。あっちのほうがおいしいんだよ」

「そりゃあ、魚屋で安く仕入れられるじゃねえか」

「そうよ」

「そういうのを出してくれる店があったら、おれは通うな」

と、源蔵は言った。

「それからね、素材だけでなく、調理法もふつうと違うやつを出したいの。たとえば、ふつうはちょっとしか使わない唐辛子も、たっぷり使って辛くするの」

「どういうんだい？」

「あたし、自分でもそうやって食べるんだけど、うどんに唐辛子をいっぱい入れて食べると、冬なんて寒さ知らず」

「やってみようか」

源蔵は小鈴に頼んで、小鉢にうどんをつくってもらった。

「これだと、これくらい入れるの」

一味唐辛子をごそっという感じで入れた。

「おい、嘘だろ」

源蔵は目を丸くした。

「毒じゃない証拠にあたしが食べてみせるね」

お染は一口すすり、

「うん、おいしい」

と、源蔵に差し出した。

「どおれ」

源蔵は一口すすり、咳《せ》き込んだが、つづけて食べた。

「どう？」

「もう汗が出てきたよ」

「あったまるでしょ」

「でも、辛さの中にもうどんのうまさはわかるんだな」

「そう」

「こういう食べ方もあるかもしれねえな」

源蔵はそう言って、汁まで飲み干した。

「源蔵さんて、人間が大きいね」

と、お染は言った。嬉しそうに微笑んでいる。

「なんで？」

「変わった食べものや食べ方の話をすると、端《はな》っから受け付けない人っている。そういう人は、自分と違った考え方や生き方も受け付けないもんだよ」

「そうかね」

「源蔵さんは食べたことがないものにも、なんて言うかなあ、態度がやさしかった」

「おれは瓦版屋だったからな」

「それだけでもないと思うよ」

「ふん」

源蔵は照れたみたいに笑った。

七

日之助は、奉行所の牢から出るように言われ、出入り口の手前で待つように言われた。ここから小伝馬町の牢屋敷に移送されることになったが、迎えの小伝馬町の牢役人がまだ来ていないらしい。

日之助は、出入り口の横に腰を下ろし、迎えが来るのを待った。

そのうち、声が聞こえてきた。

「いままでの紅蜘蛛小僧の盗みを三、四年前までさかのぼって明らかにしようとしているらしいな」

「見つかりそうなのかな」

「まったく駄目らしい。しかも、盗まれたはずのものが、隣の部屋から出てきたり、屋根の上に置いてあったりするらしい」

「なんて野郎だ」

小者たちの噂話である。

「紅蜘蛛小僧なんか、金が欲しいわけではないのだろう」

「だいたいが札差の若旦那だったそうじゃないか。金持ちをからかって遊んでいたのだろう」

「だから、ここのお奉行も証拠が摑めず、苛々しているらしい」

「それで、小伝馬町の牢に入れて、苦しめてやろうというのか」

「なにせ妖怪のすることだから」

「しーっ」

ふと表のほうから吟味方の同心がやって来た。

「あ、待たせたな。そのあたりにおらぬか？」

「え？」

同心がそう言うと、牢屋敷の小者たちは慌てた。話を聞かれたと思ったのだろう。

奉行所から小伝馬町の牢まではお縄をかけられたまま歩かされた。

小伝馬町行きも、星川が予想したとおりだった。たぶん、証拠が出ないから調べは長引く。結局は、小伝馬町の牢のほうへ移されるだろうと。

あっちはひどい待遇だが、そう長くはいないで済むはずだ。日之さん、頑張って耐えてくれと。

日之助は、星川の言葉を信じていた。四十年近く南町奉行所の同心として働いてきた。かなりの腕利きだったらしい。奉行所のことなら、鳥居などよりはるかに知り尽くしているのだ。

「入れ。こっちは、奉行所と違って、厳しいぞ」

背中を押され、だだっ広い牢の中に突き入れられた。東の大牢である。

暗いので目が慣れるまで檻のそばでじっとしていると、

「なんの罪だ?」

と、声がかかった。ぼんやりと、畳を重ねた上に座った男が見えている。周囲にも人はいるが、声をかけてきたのは上の男だろう。やくざが脅すような口調ではない。どこかにいたわりの気配もある。

それが誰かは見当がついた。

星川から聞いたところでは、奉行所の牢も小伝馬町の牢も、長く入れられることは滅多にないらしい。裁きで、死罪や江戸所払い、敲《たた》きなどの刑はあるが、永牢という罪はないのだという。だが、まれに調べが難しくて、本来なら拘置されるだけの牢にずっと入れられることがある。高野長英《たかのちょうえい》も、その珍しい例だそうだ。

「盗みの嫌疑です」

と、日之助は答えた。

「ふうむ。盗みをするようには見えないがな」

「高野先生ですよね」

「ん?　わたしを知ってるのか?」

「よくお名前を伺ってました」

日之助がそう言うと、高野長英は畳から下りて近くに来て、

「そなたは？」

と、静かに訊いた。

「おこうさんの娘の小鈴ちゃんがやっている店で働いている、日之助と言います。かたわら、おこうさんの遺志を受け継ぎ、追われている蘭学者たちを逃がす仕事も」

日之助も小さな声で言った。

「おう、小鈴さんの店！」

「お元気そうでなにより」

「なんとかな。このあいだ、大塩さまがここに来た」

「そうでしたか。うちの店にも何度かおいでになりました」

「まもなく、おそらく江戸中に火をつけ、一揆を起こすのだと。わたしはそれに乗じてここを出ることになるだろう。日之助さんもいっしょに」

「一揆を……」

だが、日之助はこの身を星川たちの策のなりゆきにまかせている。もし、一揆騒ぎになったとしても、高野長英と行動をともにするかどうかはわからなかった。

八

この夜──。

江戸では二つの場所で同じような盗みが起きた。

蔵前に近い浅草元鳥越町。この一軒家に住む若いお妾《めかけ》の家から着物が盗まれた。大事にしていたお洒落着《しゃれぎ》で、二階の寝間にある衣紋《えもん》掛《か》けにかけておいたのが、朝、起きたら、なくなっていた。

「あたしの大事な着物がない！」

お妾は愕然《がくぜん》とし、大声を上げた。

下から家事をしている婆《ばあ》やが上がってきて、

「あたしゃ知りませんよ」

と、おどおどして言った。

「嘘おっしゃい。ろくでなしの息子に博打《ばくち》の銭をあげるため、質屋に持っていったのでしょう？」

前にもそんなことがあったのだ。

「そんなこと、してません」

「じゃあ、誰がこんな二階の部屋から、あたしがここにいるにもかかわらず、盗み去って行けるというの？」

「あ、その窓のところ」

婆やが窓の障子に映った細い紐の影を指差した。

「え、なに、それ？」

お妾は障子戸を開けた。屋根の上からぶら下がり、地面近くまで垂れていたその紐は、鮮やかな紅色をしている。

「こ、これは……紅蜘蛛小僧！」

お妾の声が町内に響き渡った。

すぐに、町内の番屋の者や、ここらの岡っ引きが駆けつけて来た。

「おい、紅蜘蛛小僧はもう、お縄になっているはずだぜ」

「でも、こんなことができるのがほかにいるか？」

「では、牢にいる紅蜘蛛小僧は人違いってことじゃねえか」

お妾の盗まれた着物は、すぐほかの場所で発見された。

ここからすぐ近くにある、肥前平戸藩松浦家の上屋敷。その雄大な表の門の上で、いかにも婀娜《あだ》っぽく、地味な着物の下の赤い蹴出《けだ》しのように翻《ひるがえ》っていたのである。

これこそ紅蜘蛛小僧のやりそうなことではないか。

しかも、この騒ぎが広まって、噂を耳にした札差〈若松屋〉のあるじは、愕然とした。着物を盗まれたお妾というのは、若松屋が勘定奉行の一人に世話をしてやった女だったからである。

茶目っ気のある悪戯なのか。紅蜘蛛小僧のふくみ笑いが耳元で聞こえてくるようである。

「いったい、どういうことなのだ？」

若松屋はわけがわからず、額を手のひらで何度となく叩《たた》いた。

芝の両替商〈岡崎屋〉。つい先日、金のト伝像が盗まれ、紅蜘蛛小僧のしわざだと騒ぎになった店である。

そのあるじは、朝になって、店の小僧から報告を受けた。

「旦那さま。二階の屋根から紅い紐が垂れています」

「なんだと？」

あるじは外に出て、小僧が指差す先を見た。

なるほど、屋根から紅い紐が垂れ、塀の近くで先っぽがぶらぶら風に揺れている。

まるで二階から塀の上に足をかけ、そこからこの外の道に飛び降りたというようである。

「あの屋根のあたりは……」

岡崎屋のあるじは嫌な予感がした。そこは、二階の茶室のちょうど真上に当たっている。さまざまなお宝を飾っている部屋である。

岡崎屋のあるじは急いで中に入り、二階の茶室に飛び込んだ。

なにか、なくなっているものはないか。

「あっ」

なんと、飾っていた三国志の金の張飛像が消えているではないか。

「やられた！」

数々のお宝の中でも、いちばん派手なものである。純金の光は、まばゆいほどである。これと金の卜伝を並べた日には、どんなお内裏《だいり》さまとお雛《ひな》さまでも敵《かな》わない。

それが忽然《こつぜん》と消えていた。

「早く、奉行所に」

と、言いかけた岡崎屋は、思わず声を飲み込んだ。

——騒いではいけない。

なぜなら、このあいだの盗みが紅蜘蛛小僧のしわざではなくなってしまうからである。自分のものだと騒いだのは、この岡崎屋があれを猫ばばしようとしたことになってしまうのである。

じっさい日之助は、本当にあの像を芝浜で拾い、届けるために持ち帰っていたのかもしれない。それを麻布の連中が、あたしのところで見たなどと言ったため、くだらぬ欲を出してしまったのだ。

日之助は紅蜘蛛小僧ではない。

——だが、いまさらそんなことが言えるか。

五百両もした純金の張飛の像だったが、岡崎屋金右衛門は涙を飲んで諦《あきら》めることにした。

だが、岡崎屋は盗難を秘密にしつづけることはできなかった。

その張飛の像は、なんと南町奉行所正門につづく塀の下に、そっと置かれているのが発見されたのである。しかも、張飛の足元には、岡崎屋が以前、紅蜘蛛小僧に盗まれたという千利休の茶杓まで置いてあったではないか。

金の張飛像と、千利休の茶杓。この持ち主はすぐに知れ渡った。芝の岡崎屋は、自分のところで茶会を開くたび、客にさんざん拝ませてきたのだ。だから、芝から麻布、高輪あたりの商人はすぐに口にした。

「それは岡崎屋さんのものですよ」と。


翌日――。

夕方くらいになって慌ただしく刷られた何種類もの瓦版に、いっせいに大きな文字が躍った。

「紅蜘蛛小僧はまだ捕まっていない」

「牢にいる紅蜘蛛小僧は人違い」
「南町奉行、奇怪裁き」

第五章　動き出した夜

一

「なんだ、この絵は」

鳥居耀蔵は私邸で朝飯を食べながら、瓦版を手に歯ぎしりしていた。

たしかに、いかにも紅蜘蛛小僧のしわざだった。紅い紐を現場に残すという不手際は別として、屋根裏から二階に入る侵入の手口を見ても、ほかにこんな盗みができる者がいるとは思えない。逆に紐を残した不手際も、本当の紅蜘蛛小僧はこっちだと、町方に告げているようだった。

しかも、瓦版の絵は、二階によじ登る紅蜘蛛小僧がいて、その紐がいかにも奉行らしき男の額のところまで落ち、顔にぺったりと、まるでみみずかなにかのように貼りついているのだった。

また、もう一つの瓦版では、紅蜘蛛小僧がぶら下がっているのは、神社の鳥居なのである。明らかに、南町奉行鳥居耀蔵を揶揄しているのである。

表から椀田知恵蔵《わんだちえぞう》という町回り同心を呼びつけ、

「これと、この瓦版屋は呼び出して、叱《しか》りおけ」

と、命じた。

くだらぬことを書いた瓦版屋は牢にぶち込みたい。だが、連中もしたたかなのだ。お上への反逆を理由にすれば牢に入れるのはたやすいが、鳥居のしくじりを大きくあつかってからかいながら、わきのほうで小さく遠山の手柄を書いていたりする。これだと、お上を愚弄しているという言いがかりはつけにくくなってしまう。

「なんと叱りおきましょうか？」

椀田知恵蔵が訊いた。

そんなことも考えられないのかと呆れたが、

「くだらぬことを書いて、世間を騒がすなとでも叱っておけ」

「ははっ」

下がろうとして、椀田は後ろを向き、

「どうも、昨夜も出たみたいです」

「なにっ」

二晩つづけてである。

「しかも、元数寄屋町《もとすきやちょう》の茶問屋〈遠州屋《えんしゅうや》〉に」

「ううっ」

元数寄屋町といったら、この奉行所を出て、橋を渡ってすぐのあたりである。南町奉行所のまさにお膝元。そこに出没したのである。

紅蜘蛛小僧は、明らかにこの南町奉行所をからかっている。

「なにが盗まれたのだ?」

「それが……」

椀田は口ごもった。

「なんだ?」

「あるじの女房のかつらを」

「かつら? そんなくだらぬものは、盗まれたかどうかわからぬだろうが」

「それが、毎晩、寝るときに枕元に置くものなんだそうです。朝、起きたら、なくなっていたのだと」

「なんと」

「それに、真上の天井板がずれていて、外の屋根には例の紅い紐が」

それはもう、紅蜘蛛小僧のしわざであることは、明らかである。

「まったく、あんな糞《くそ》盗人に入られるなどとは、盗まれたほうも悪い！　そんな店はつぶれてしまえばいいのだ」

鳥居は、入られたほうにも激怒した。

と、そのとき——。

台所のあるほうで、奥女中の悲鳴が聞こえた。

さらに、数人が集まり、なにか騒ぎ出した気配である。

「なんだ？」

鳥居は気になって訊いた。

「見て参りましょう」

と、椀田が立ち上がりかけると、

「よい。私邸のことだ」

鳥居は自ら台所に足を運んだ。

「なんだ？　いったい、なにがあった？」

「お奉行さま。わたしが、昼に使うつもりでこの大鍋に水を入れようとしましたら、中にこれが」

女中が手にしていたのは、女もののかつらだった。

二

「ここにかつらがあったなどという話は、絶対に他言せぬようにな！」

鳥居は、台所を見渡して、そう命じた。

だが、台所の周りには、奥女中やら飯炊きの婆さんや、風呂焚《た》きの爺《じい》さんなどが十数人も集まって来ていた。

この者たちが、はたしていつまで秘密を保っていられるか、わかったものではない。

「それは、遠州屋にもどしますか？」

町回り同心の椀田がまた、くだらぬことを訊いた。このうすらでかい身体をした男は、わたしをわざと怒らせようとしているのではないか。

「そなたも馬鹿か？」

「は」

「そのようなことをしたら、南町奉行は台所の奥深くにまで紅蜘蛛小僧に入られるような抜け作だと、満天下に公表するようなものだろうが」

「いや、道端に落ちていたとかなんとか言って」

「よい。遠州屋の騒ぎも受け付けるな。なかったことにしろ」

「ですが、すでに瓦版屋が聞きつけてしまいましたので、夕方にはこの話も知れ渡るのではないかと」

「…………」

話にならぬひどさだった。

だいたいが、奉行所の内部からも瓦版屋に話が洩れているのは明らかなのだ。なにかことが起きるとすぐ、瓦版屋は現場に駆けつけ、調べた者でなければわからないようなことまで瓦版に書く。同心や岡っ引きあたりが洩らさなければ、できないことである。どうせ、つねづね袖の下に金子《きんす》を入れてもらっているに違いない。

「だが、ここで見つかったことは秘密にせよ！」

鳥居は皆を見回して怒鳴った。

紅蜘蛛小僧は、この奉行所の私邸にまで潜入していた。

これは初めてではない。この前、戸田吟斎が曲者《くせもの》に気づいた。あれが紅蜘蛛小僧なら、これは二度目の侵入である。

しかも、このあいだの侵入者も日之助だと決めつけたが、それもまったくの見当外れということになる。

――いま小伝馬町の牢にいる日之助は、紅蜘蛛小僧ではない……。

「わたしではないぞ」

と、鳥居は言った。

「は？」

椀田知恵蔵が目を丸くした。

「そもそも今度の騒ぎは、芝の岡崎屋がわたしの像を紅蜘蛛小僧に盗まれたなどと言い出して始まったことなのだ」

「お奉行の像を？」

椀田が首をかしげた。

「いや、違った」

あやうく、とんでもないことを言いそうになった。そのことを持ち出すと、わたしと蔵前の札差の癒着も明らかになってしまう。

「あれは、たしか金の卜伝の像でした」

「そう。あれが紅蜘蛛小僧に盗まれたとか言いはじめたため、それを拾ったという日之助が紅蜘蛛小僧にされてしまったのだ」

鳥居はそう言いながら、それにしてもなぜ、日之助は若松屋がつくらせたわたしの像を持っていたのか、と思った。

この一連の騒ぎは本当にわからぬことだらけである。

しかも、真実を明らかにしようとすると、かならず明らかにできない危ない話がからんでくるようになっている。

「岡崎屋を連れて来てくれ」

鳥居は椀田知恵蔵に命じた。

三

岡崎屋は半刻（およそ一時間）ほどしてやって来た。

鳥居の剣幕が伝えられたらしく、青い顔で、息を切らしている。

今日は言われる前から白洲のほうに向かった。

「金の張飛像！」

鳥居は、這いつくばっている岡崎屋に言った。

「はい」

「盗まれたそうだの？」

「ははっ」

「誰に盗まれた？」

「……………」

答えがない。

「早く申せ！　わたしは忙しいのだ！」

「どうやら、紅蜘蛛小僧に盗まれたような」

「そなたが紅蜘蛛小僧だと言った者は、いま、小伝馬町の牢にいるぞ」

「はい」

「どういうことだ？」

「紅蜘蛛小僧は二人いたのかも」

これには鳥居も思わず苦笑した。

「岡崎屋が兄と弟で、ろくでもない金儲けに邁進《まいしん》するように、紅蜘蛛小僧も二人いて、盗みをしていたと言うのか」

「いや、そういうことも考えられるかと」

岡崎屋の声は消え入るようである。

「いろんな話がでっち上げられるものよのう」

鳥居は厭味《いやみ》たらしく言った。後ろのほうで小さく笑い声がした。その笑いが、なにか意味ありげに聞こえたのは気のせいだろうか。

「どうも、今度の騒ぎはきさまの嘘で始まった気がするのだ」

「嘘などなにも」

「日之助は、安住不楽斎の像をどこかで拾ったかして、持ち歩いていた。ただ、それだけのことだったのだ。ところが、そなたがあれは自分のもので、紅蜘蛛小僧に盗まれたのだなどと騒ぎ出すから、わけがわからなくなった」

「それは、以前にも利休の茶杓が盗まれたことがあったから」

「利休の茶杓も出てきたわな」

「はい」

「だが、安住不楽斎の像も、張飛の像も、利休の茶杓も、そなたにもどしてやれるかどうか、難しいだろうな」

鳥居は、ありったけの厭味を込めて言った。

「あ、あれは、全部合わせたら、二千両は下らないかも……」

「そんなことは知るか」

「ううっ」

ちらりとこっちを見た目つきには、明らかに金の恨みがにじんでいた。

「岡崎屋、正直に申せ。安住不楽斎が塚原卜伝などというのはでっち上げだよな」

「いえ、嘘ではございませぬ」

「安住不楽斎というのは、ほかに実在する」

「どこにいるのでしょう？」

「それは……」

　自分のことだと言えば、札差の若松屋から賄賂をもらっていることが明らかになってしまう。

　だから、それは言えない。

「あの古文書もあります」

「あんなものは贋物だ」

「では、兄に訊ねてみてください」

　札差の岡崎屋のほうは、大名貸しをするほどで、あんなやつをお白洲に引き出そうものなら、どこから圧力がかかるかわからない。

「もう、我慢できぬ。こやつをひっ捕らえよ」

　お白洲同心はためらいながら、縄を回した。

「お奉行さま。あたしにも、兄にも、いろいろ知り合いはございますぞ」

岡崎屋は居直ったような目で鳥居を見た。

「やかましい」

鳥居の後ろにいた数人の与力がすばやく打ち合わせて、

「奉行所の牢に」

と、お白洲同心に命じた。

鳥居は、ひっ立てられていく岡崎屋を見ながら、

「ちっ」

舌打ちをした。

長いことぶち込むわけにはいかないことはわかっている。すぐに、兄の蔵前の岡崎屋が駆けつけてくるだろう。そのときには、すでにいろんなところへ話がまわっている。札差というのは、方々に顔が利く。下手すると、老中の水野忠邦あたりにまで貸しをつくっていたりするのだ。

金のつながりというのは見えにくい。思いがけない者同士がつながっていたりする。

やはり、紅蜘蛛小僧をめぐる騒ぎには、筋書きがある。金のつながりだのについ

て知り尽くした男が、この筋書きをつくっているのかもしれない。

すべて日之助を助けるための芝居なのか。まだ、ほかにも意図があるのか。

「お奉行」

と、後ろから筆頭与力の栗田次郎左衛門が呼んだ。矢部駿河守《するがのかみ》に信頼され、栗田のほうも矢部の思想に強い共感を覚えていたらしい。本当なら矢部といっしょに追い払いたかった男だが、奉行よりもむしろ与力のほうが面倒である。

この七十近い栗田は、元は同心の家柄だったらしい。だが、根岸肥前守が長く南町奉行を務めていたころ、その薫陶《くんとう》を受けたうえに多くの手柄を立て、与力にまで出世していた。いまでは、南町奉行所は与力の栗田がいれば、奉行はいなくてもいいなどと言われている。しかも、この男の双子の娘がやはり与力の家に嫁いだりしていて、ほかの多くの与力同心たちとも、親類縁者のような深いつながりを持っているのだ。

この男をないがしろになどしたら、仕事がまったく進まなくなる恐れすらある。

「なんだ？」

「別に紅蜘蛛小僧がいるとなると、あの日之助を小伝馬町の牢に入れっぱなしはまずいのではありませんか？　すでに嫌疑は晴れたと思われますが」

「ううっ」

「小伝馬町に報せて、早々に解き放つべきかと」

鳥居の目を見て、さも当然のように言った。

「待て。あやつには、まだ、怪しいところがあるのだ」

「怪しいところ？」

栗田は首をかしげ、書類に目をやり出した。

「よい。わたしの責任でそうするのだ。長くは置かぬ。とにかく、いったんここへもどすように」

できるだけ重々しい口調で言った。

四

奉行の職務の部屋にもどった鳥居は落ち着かない。もう紅蜘蛛小僧のことなどうっちゃってしまうべきなのか。あれに関わっていると、次々に面倒なことが起きていくような気がする。

そこへ――。

「お奉行。札差の若松屋がお会いしたいと」

「若松屋が」

また紅蜘蛛小僧がらみなのか。まさか、今度はわたしの知行分がまるごと盗まれたとでも言うのか。

だが、若松屋にはこれまで金銭面でずいぶん支えてもらってきた。会わないわけにはいかないのだ。

「通せ」

と、うなずいた。

周囲の襖《ふすま》を開けた。なまじ閉じこもると、広い奉行所はどこに潜まれるかわからない。周囲を開け放したうえで、静かな声で話すのがいちばんいい。

「お奉行さま」

若松屋は神妙な顔で頭を下げた。

「どうした？」

「聞きましたところでは、倅はまだ、小伝馬町の牢に入れられているとか」

「ああ」

「すでに紅蜘蛛小僧はほかにいるとわかったそうですね」

「はっきり決まったわけではない」

とはいえ、昨日、今日の盗みについて、日之助に嫌疑をかけることは無理だろう。

「そうですか」

「なんだ？」

「いまの嫌疑は、なぜ、日之助があの安住不楽像を持っていたのかということだけでしょうか？」

「………」

たしかにそうなのである。

万が一、ほかに紅蜘蛛小僧がいて、そいつが若松屋からあれを盗んだとする。だが、なぜ、それが若松屋の倅である日之助の手に渡らなければならないのか。拾ったというが、そんな偶然があるはずがない。

「紅蜘蛛小僧というのは、たいそうな悪戯者のようです」

「ふざけたやつだ」

「ですから、わたしの下から盗み、それを勘当された倅に拾わせるというのは、じつに面白い趣向ではありませんか」

「趣向だと？」

「はい。そう考えるのがいちばん自然な気がします。そして、日之助がすぐに辻番なり、あのあたりの番屋に届けなかった理由についても、思い当たることがあるのです」

「なんだ？」

「じつは、わたしが金の像を贈るのは、鳥居さまが初めてではありません」

「む」

言われてみればそうだろう。若松屋は商人なのだ。儲けになりそうな男に接近する。自分に金の像を用意しつつ、同じものを遠山金四郎に差し出していても、なんの不思議もないのである。

「以前、勘定奉行をなさっていたとある方に、金の像を贈らせていただきました。その際、日之助と喧嘩《けんか》になりました。あれはそういうことを好まず、もっと商人として知恵を絞るべきことがあるだろうと」

「それは正論だわな」

「はい。だが、わたしはカッとなり、ずいぶんあいつを罵《ののし》ったものでした。日之助は、ぜったいにそのことを思い出したはずなのです。金の像に刻まれた刻印、仏師と細工師の印も覚えがあったはずです。それで、すぐに届け出ることをしなかったのではないかと」

「……………」

それでも、日之助があの像を拾ったのは偶然ということになる。

ただ、思いがけない偶然に満ち満ちているのも、この世の真実なのだ。それが因果というものだろう。

「倅を解き放ってはいただけませぬか？」

若松屋は俯き、自分の手を見ながら言った。

「なぜだ、勘当した倅だろう。それでも人の噂は怖いか？」

「いえ、噂ごときはそのうち収まること。ただ、なんと言いますか、いまになって勘当などというのは、やり過ぎだったと思うことがしばしばなのです」

「ほう」

「あれとは、商売のことで、ことごとく対立したのも事実です。親子なのに、なぜそこまで反対の意見を持たなければならぬのかと、腹が立ちました。だが、いまになると、あれの言うことももっともだと思うところもあるし、親子であっても違う人間なのだから、考え方が違っても当たり前だろうと」

「…………」

「金の像の処置は鳥居さまにおまかせしますし、替わりのお祝いも準備させていただきます。ですので、倅を出していただけませんか？」

「…………」

「憎らしい倅ですが、やはり処刑などされてしまったりしたら……」

開いた手のひらに涙が数滴落ちるのが見えた。

この、金儲けにしか興味がないような男にも、親子の情らしきものは残っていたらしい。

「若松屋。そうはいかぬ」

「え？」

「日之助には、紅蜘蛛小僧の嫌疑だけでなく、ほかの嫌疑もかかっている」

鳥居はそう言って、改めて日之助が〈小鈴〉の板前であることを思った。

おこうの店を引き継いだ小鈴。そして、娘や周囲にいる男たちもまた、おこうの遺志を継いでいる気配がある。

しかも、いまだ見つかっていない『巴里物語』も、あの周囲にあるかもしれないのだ。

「なんと」

「若松屋。そのほうとの付き合いはこれまでだ」

「……………」

「お互い、秘密は握り合った。それは秘密のままにしたほうが、お互いが得であることは言うまでもあるまい」

「それはもちろんです」

「日之助をどうするか、今後、そなたのことはいっさい気にしない。では、さらばだ」

鳥居は冷たく言い放ち、若松屋を引き取らせた。

五

鳥居耀蔵は若松屋が出て行くとすぐ、私邸のほうへもどって戸田吟斎の部屋に入った。

「吟斎。この数日の紅蜘蛛小僧のことは聞いているか?」

「もう一人出たらしいという、鳥居さまのお声が聞こえておりました」

「うむ」

同心を叱ったりしていたのが聞こえていたらしい。盲いた者は耳が鋭くなっている。

「そなた、どう思う?」

「罠《わな》でしょうな」

吟斎は言った。

「罠だと?」

「紅蜘蛛小僧のいっさいのこと、仕掛けられた罠でしょう」

「なんだと」

「仕掛けはどのあたりから始まっているのか……」

「誰がそのような」

「わかりませせぬ。旧矢部派か、あるいは遠山か。大塩と残党たちかもしれませぬ。日之助はなにもわからず、踊らされている」

「矢部の筋はあるかもしれぬ。ときどき、ここの与力同心たちまで疑わしく見えてくる。遠山の筋ももちろんある。そして、大塩もな」

「鳥居さまには秘密がある」

吟斎はさらに声を低くして言った。

「え？」

「おそらくそれは、わたしの書いた『巴里物語』にも関わること」

「…………」

胸が苦しい。吟斎が盲いていてよかったと思う。おそらく自分の顔は真っ青で、醜く歪《ゆが》んでいることだろう。

「それは、お話しいただけぬでしょうな」

「な、なにを言っている？」

「もしかして、ご母堂のこととも関わりますか？」

「そなた、なにを……」

息が詰まりそうである。

心ノ臓が早鐘のように打ち出した。冷や汗も出てきた。

なにやら視界がひどく小さくなっているような気がする。

長いあいだ、いちばん懸念していた部分に触れてきた。やはり、この男の洞察力は尋常ではない。

「とりあえず、紅蜘蛛小僧をもう一度、ここに移すべきでしょうな」

「わかった」

鳥居は疲れ切って、吟斎の部屋を出た。

六

夜になって——。

日之助は小伝馬町の牢からふたたび南町奉行所の牢に移されることになった。

「では、高野先生」

短いあいだだが、ずいぶんいろんな話をした。もっとも驚いていたのは、『巴里物語』を書いた戸田吟斎が、鳥居耀蔵の下で参謀のようになっていると伝えたときだった。だが、小鈴のことを心配していると話すと、「いろいろつらいのだろうな」と言った。

小伝馬町から南町奉行所までは駕籠《かご》に乗せられた。

だが、暗い夜で人通りも少なく、日之助は景色を見るでもなく考えごとにふけった。

不安だった。

星川や源蔵はまだ動いていないのだろうか。

あるいは、ほどこしてきた仕掛けが、うまく動かなかったのだろうか。だが、仕掛けはどれも、かんたんなものばかりである。外まで引っ張ってある細い紐を操れば、すべて外にいてできることなのだ。しかも、ことが終わればすべて回収でき、あとに証拠は残らないようにしてある。

たとえば、元数寄屋町の〈遠州屋〉の仕掛け。

最初に天井のはめ板を紐で引いてずらす。これはゆるく紐で結んであり、ずれたあとは自然にはずれ、回収できる。

はめ板がずれると、隙間のところに置いていた二つ目の紐が下に落ちる。そこには女房がいつも置くかつらがある。この紐の先には釣り針がいくつもつけてあり、少し上下するようにさせれば、どこかの針が引っかかる。それをそっと外から引っ張る。ところどころはめ板を外してあるので、かつらは一階の屋根から物置きの屋根と伝って、塀の外まで持ち出すことができる。

そして、三つ目の紐は、屋根裏の柱に縛った紅い太めの紐の先を、外の道のところまで引っ張ってくる。これも、外まで引っ張ったあとで回収してしまえば、証拠は残らない。いかにも紅蜘蛛小僧が辿ったような道筋だけが残されるというわけである。

また、たとえ一つが失敗しても、ぜんぶで五件分の盗みを仕掛けてきた。すべて失敗することはあり得ないのだ。

筋書きは三人でつくり上げ、しかも何度も検証した。

伏線も張った。

岡崎屋で茶会があった日。日之助は天井裏に忍び込み、すでに盗み出していた鳥居の像を客の目に触れるところへ置いていた。

麻布の商人たちが、あとでちゃんとあの像は岡崎屋のものだと証言できるようにしておいたのだ。

その証言で、岡崎屋の欲に火がつき、計画は動き出した。

日之助がこの牢に入るまでも予想通りにことは運んだし、取り調べのときに伝えられる話でも、すべてうまくいっているはずだった。

最後は、小伝馬町の牢で解き放たれる。そういう筋書きだった。もちろん、いろいろ予想外のことが起きるだろうとは覚悟していた。

戸田吟斎に言われたことも驚きだった。だが、小伝馬町から奉行所にもどる筋書きはなかった。

鳥居はよほど怒っているのか。

——斬られるかもしれない。

奉行所の中なら、斬って捨てても、どうにでも言い訳ができる。そのために移すのか。

恐怖がこみ上げてきた。

なにが始まるのか、見当もつかなかった。


源蔵が〈小鈴〉にやって来たのは、夜もだいぶ更けてからである。

客の耳もあるので、星川も外に出て話すことにした。

「さっきまで奉行所にいて、佐野さまから話を聞いてきました」

「うん、どうだった？」

「日之さんはまだ解き放たれません。しかも、小伝馬町の牢からまた奉行所の牢に移されたみたいです」

「奉行所の牢に？」

星川は首をかしげた。

「岡崎屋はお縄になりました。お白洲で奉行たちをたばかったというので」

「鳥居は怒ったのだろう」

「だが、佐野さんが言うには、すでに兄の岡崎屋をはじめ、いろんなところから文句が来ているので、早めに出されるのではないかと」

「だろうな」

それも意外ではない。

「日之さんのことも、解き放ってくれと押しかけましょうか？　店の客たちも協力してくれるのでは？」

「それはもうやってるよ。お九とご隠居が、明日、皆の名を書いた嘆願書を、奉行所に持って行くと言っていた」

「そうですか」

「読めねえことが起きてるのかな」

「読めねえこと？」

「ああ。なにかが動いたんだな。そういうものなんだ、この世ってところは。人の書いた筋書きどおりに動いた例《ため》しなんかねえ。いろんなやつの思惑が重なり合い、誰も予想できなかったほうに進むのさ」

星川はそう言うと、ひどく不安げな顔をした。

七

二日ほどして――。

八幡信三郎は今日も青山から千駄ヶ谷界隈を歩き回っていた。

浪人者の姿を追っている。だが、なかなか見当たらない。神田や深川あたりの裏《うら》店《だな》ではいくらも見つかる浪人者が、このあたりにはほとんどいない。

通りがかりの町人にも訊いた。

「ここらで浪人者が出入りする家はないか？」

「浪人はここらには住みません。なにせ食いぶちがありませんから」

内職仕事や賃稼ぎの仕事を得るには、江戸の中心部に出ないと駄目なのだろう。

ここらはほとんどが広大な大名の中屋敷や下屋敷か、下級武士たちの役宅になっている。町人地はほんのわずかである。

――食いぶちか……。

大塩たちはその食いぶちをどうやっているのだろう。

そういえば、なりを思い出しても、そう切羽詰まったようすはなかった。しかも、花火を買うほどの金もある。大塩は、大坂の金でも持ってきているのか。それとも、金持ちの支援者でもいるのか。

意外に潤沢な資金を持っているのだ。

だとしたら、浪人者のようななりで、貧しげな隠れ家にこそこそと出入りしたりはしていない。

——しまった。

この数日を無駄にした気がした。

金を持っているとして、隠れ場所を考えなければならない。

たとえば店一軒を買い取り、そこの者になりすますこともできるのではないか。

通りに並ぶ店が気になり出した。

八幡は一軒ずつ、店のようすを窺《うかが》っていくことにした。

店を買い取っても、そこで商いをしなければ偽装にはならない。豆腐屋なら豆腐をつくらなければならない。鍛冶《かじ》屋なら鉄を打たなければならない。

大塩一味にできることはあるのか。

豆屋、そば屋、薬屋。

菓子屋、乾物屋、筆屋。

下駄屋、畳屋、武具屋。

八幡の足が止まった。

武具屋。武具のことなら武士は詳しい。客との受け答えも不自然にならない。なにやら忙しそうに働いている。あるじらしき者が座っている。客との相手は番頭がしている。まだ若い。

八幡は前のそば屋に入り、店のようすを窺うことにした。

この何日かは、芝から来るお染があのあたりの小さな市で海のものを仕入れてきてくれる。そのお染が来るまで、小鈴と星川が仕込みなど、店の準備をしていた。

星川は野菜を洗ったり、皮を剝いたりといったことまで手伝ってくれる。長屋の一人暮らしでもかんたんな料理は自分でしているらしい。

「男だって、身の回りのことを自分でやれなくなったら終わりなのさ」

と、いっこうに気にしない。

今日は、きんぴらにするごぼうの皮を剝いてくれている。

「よう、小鈴ちゃん」

手を動かしながら、星川が声をかけた。

小鈴は豆腐の煮込みをつくっている。お染が知り合いから分けてもらった牛の肉といっしょにしてみた。唐辛子も多めに使うと、臭みはまったく感じられない。

「なんですか、星川さん?」

「日之さんがもどったら、あんたたち、夫婦《めおと》になってもいいんじゃねえか?」

思わず、手を止めた。

「なに言い出すんです、星川さん」

「似合いじゃねえかと思ったのさ」

「そうかなあ」

「お染が気になるかい?」

「お染さんはそうなりたいんじゃないの?」

小鈴は昨日などもちらりとそう思ったのだ。お染は、昔、吉原でなじみだったという日之助と所帯が持ちたいのではないかと。そのため、ここで帰りを待っているのではないか。

「いや、違うよ」

星川はかんたんに否定した。もしかしたら、お染に直接訊いたりしたのかもしれない。

「ふうん」

「むしろ、お染は源蔵とお似合いだ」

「あ、ほんとだ」

言われてみれば、この数日、源蔵とお染が親しげに話をしている。昨夜などは、遅くなったので芝まで送って行ったみたいである。

――日之助と夫婦に……？

正直、考えてもみなかった。こんなにそばにいても、男として見たことがなかった。それは日之助も同じなのではないか。

むしろ、男は星川勢七郎のほうに感じた。母を思うその一途《いちず》さに、女として嫉妬を覚えたことがある。そういう気持ちが、心のどこかを微妙にくすぐるのではないか。

「あたし、星川さんとだったら夫婦になってもかまわないわ」

小鈴はそう言ってしまって、自分でも驚いた。なんて大胆なことを言ったのだろう。

「あっはっは。馬鹿なこと言うなよ」

星川は驚きもしない。

「駄目？」

料理の手を止め、星川の横に立ち、顔を見ながらもう一度訊いた。

「おいらはおこうさんといっしょに死んだんだぜ」

「ふうん」

星川は天井のほうを見ていた。よくそういう目つきをする。まるでそのあたりに、母がいるみたいに。

「たしかに、まだ母さんが生きていたとしたら、星川さんといっしょになっていたかもしれない」

小鈴はぽつりと言った。

母が亡くなって、もう三年半。だが、星川の思いは変わらない。

もし生きていたら、どれくらいの視線と言葉が交わされたことだろう。二人のあいだを、どれだけの風が吹きすぎたのだろう。

こんなに思われたら、やっぱり女の気持ちはいつか動く。

「え？」

星川は軽く目を瞠った。

「そんな気がする。ほだされてね」

「嬉しいことを言ってくれる」

ほんとに嬉しそうに微笑んだ。

「うん」

「そんなことを言われると、すぐにでもおこうさんのところに行きたくなる」

「駄目だよ。そんなふうにして行ったら、母さんは怒って相手にしないと思う」

「なんだよ。だったら、まだ我慢するよ」

今度は大きく笑った。

八

大塩平八郎が橋本喬二郎を入れて四人の仲間を見ながら、

「今宵、まずは不穏の気配をつくる。それで、動き出す者が出てくる。何度か動き、いっきに山を動かす」

と、言った。

「絶好の風が吹いていています」

橋本が図面を広げたまま言った。

北東の乾いた風。江戸の町はおもに北東のほうへ向かって町人地が広がる。したがって、武家地のつづくあたりの北東の端から火をつければ、火は武家地だけ飲み込むようにして広がる。

火をつけるのは、今宵は十カ所。

成功のカギは、町人地のど真ん中にある小伝馬町の牢屋敷だけを焼き打ちできるかどうか。蘭学者や密航を企てた者にとって恐怖の象徴ともなっているあの牢獄は、巴里の民たちがバスチユの監獄を落としたように、なんとしても焼き払わなければならない。

幕府、恐れるに足りず。そういう思いを持たせるために。

暗くなってきた。

荷車が二台、店の前に並べられた。これに花火の道具や、槍《やり》などの武器が載った。二手に分かれ、花火を打ち込んで回る手筈《てはず》だ。

通りかかる者は、暗いこともあって、たいして不審がっているようには見えない。

「よいな。うまくことが運べば、今宵でこの店は捨てる」

と、大塩は言った。次は焼け落ちるはずの小伝馬町の牢屋敷あたりに集合することになっている。

「では、参ろう」

そう言って外に出たときだった。

「大塩平八郎だな」

と、男が一人、立ちはだかった。

大塩が返事をする間もなく、男は刀を抜き放った。

「きさま、中川の土手でつけて来た者だな」

橋本も刀を抜いて、大塩の前に立った。

「三年前、新川の隠れ家で仲間やわたしの背中を斬ったのもこの男だ」

と、後ろで大塩が言った。

「鳥居耀蔵の手の者だろう」

「いかにも。八幡信三郎と申す。今日は大塩を斬らずに、奉行所まで連れて参る。そのほかは死んでもらう」

そう言うと同時に、八幡の剣が伸びてきた。槍かと思うほど、鋭く、大きな伸びである。

これに刃を合わせながら踏み込み、蹴りを入れた。相手は背が高く、痩せている。重心を崩せば、体は乱れるだろう。

だが、回り込むようにすばやく避《よ》けた。速い。動きが凄まじいくらいに速い。

「とあっ」

「たぁっ」

気合いと刀が交錯した。

橋本の刀は空を斬ったが、八幡の刀は橋本の胴を薙《な》いだ。着物に裂け目は走ったが、血は噴出しない。

鎖帷子《くさりかたびら》を着込んでいる。

「ここはわたしが！」

と、橋本は大声で言った。

「早く予定どおり決行してください。こんな日はなかなかやって来ない」

「わかった」

大塩たちは荷車を動かしていく。

追おうとした八幡を、橋本が後ろから斬りかかる。

「うっ」

背中をかすった。だが、斬れたのはほんの皮一枚だろう。

「おのれ」

怒りが加わって、さらに激しい剣になった。

カキン。カキン。カキン。

鋭い音が響き、火花が立てつづけに闇を走る。

橋本も剣はかなりの遣い手だが、その橋本でさえ狂気のような剣に押された。

八幡の身体が大きく沈んだ。

と、思ったとき、今度は急転するように剣が下から伸びた。

「あっ」

腿《もも》を斬られた。ここは鎖帷子で覆っていない。痛みはさほどでもないが、血が流れはじめたのがわかる。長引けば、体力を消耗していくだろう。

せめて最初の火の手が上がるまで、この男を食い止めたい。

さらに凄まじい攻撃が来た。いっときも休めない。上段から突き、下段から八双、次々に斬ってくる。小さく受けて、せめて突きを。そう思っても、その突きができない。

「どぉりゃあ」

真横に鋭い剣が来た。これを鎖帷子で受け、突きを、と思った。だが、あまりにも激しい剣の衝撃が、血が流れつづける橋本の息を詰まらせ、意識を奪った。

「やった」

八幡信三郎は、ようやく崩れ落ちた橋本を見た。

その橋本の懐から一冊の書物が飛び出していた。

「これは？」

表紙はなにも書いていない。だが、その次をめくると、『巴里物語』とあるではないか。

「これだ。叔父貴がさんざん捜し求めていたのは」

届ければ、さぞ喜ぶだろう。

奉行所に向かって駆け出そうとしたとき、遠くで炎が上がった。紀州公の中屋敷の正門あたりではないか。

花火にも似た炎だった。

連中の焼き打ちが始まったのだ。

まだ息があるなら、あの男からやつらの計画を聞き出そうと、後ろを見た。

倒したはずの男がいない。

店の中を探った。隠れたのか。止《とど》めを打たなかったのはしくじりだった。

だが、店の中にもいない。

――逃げやがった。

本来なら、奉行所に駆けつけ、大塩平八郎捕縛に協力すべきだろう。

だが、八幡は逃げる者を追うという欲望に勝てない。

ちょうど、御用提灯《ごようぢょうちん》を持った男が、駆けていくところだった。

「待て。番屋の者か？」

「はい。そこの番屋の番太郎ですが」

抜き身を持っている八幡に怯え、二、三歩、後ずさった。

「どこへ行く？」

「お城のほうで妙な火が上がりはじめたというので、ようすを見に行くところです」

「わたしは南町奉行鳥居甲斐守の身内の者で八幡信三郎と言う」

「お奉行さまの」

ホッとしたらしい。鳥居の名で安心するというのも稀《まれ》なことではないか。

「あの付け火にも関わることで動いている。そなた、この書物を、お奉行に届けてくれ」

刀を鞘《さや》に納め、『巴里物語』を手渡した。

「はい」

「もしかしたら、あの付け火のこともこれに載っているかもしれないのだ」

「わかりました」

番太郎はうなずき、駆け出して行った。

――さて、あいつを見つけ出さなければ。

八幡はふたたび、猟師のような勘を働かせる。

九

小鈴の店でも、江戸市中の異変で客が騒ぎ出していた。

「なんか、そこらじゅうで半鐘《はんしょう》が鳴り出してるぜ」

「ほんとだ」

店の前でも客同士が話している。

「竜土町《りゅうどちょう》にある長州藩の下屋敷に、花火みたいな火の玉が飛び込んで燃えはじめているらしいぜ」

「竜土町？　向こうの飯倉のほうでも火が出てるぞ」

小鈴も外へ出て、遠くを眺めた。竜土町のほうはよく見えないが、飯倉の火の手は見える。

「おい、今日はゆっくり飲んでいる場合じゃないかもしれねえぜ」

常連の治作が、友だちの甚太に言った。

小鈴もなにか胸騒ぎがする。

「火事は嫌よね」

お九が言うと、

「ああ、ここが燃えたときのことを思い出しちまうよ」

ご隠居は肩をすぼめ、ぶるっと震えた。

「やめて。ねえ、今日は早めに店じまいしよう」

「そのほうがいいかもしれねえな」

星川もうなずいた。

小鈴は『巴里物語』を思い出していた。巴里の石畳の道を、手に手に武器を取りながら駆けて行く民たち。町の方々で火の手が上がっている。

客を送り出し、

「ねえ、星川さん」

「ああ」

「大塩さんたちのしわざじゃないよね」

お染をはばかって、小声で言った。

「おいらも、それを思ってたところだよ」

「まさか、江戸中を火の海になんて」

小鈴は眉《まゆ》をひそめた。

「やあだ。芝のほうでも火が出てる」

お染も急いで帰りじたくを始めた。

「お染さん、もどらないほうがいいんじゃないの」

「駄目よ。あたしだって、あの家、焼けたら困るもの」

「そうだよね」

小鈴は大きくうなずいた。

皆、大事な家がある。自分の家だろうが、借りている家だろうが、そこで雨露をしのぎ、日々の暮らしの足場になっている。

それに火をつけて回るなんてことは、どんな大義名分があっても許されることではない。

「じゃあ、気をつけて」

お染を見送った。もう、店には客は誰もいない。

後ろで足音がした。

誰かがよろけながら近づいて来る。

星川が小鈴をかばうように背中のほうへ押し、刀に手をかけた。

「小鈴ちゃん……」

苦しげな声がした。

「叔父さん」

橋本喬二郎がいた。

星川勢七郎は、奇妙な感じだった。なんだか時がもどっているような気がした。おこうが死に、源蔵と日之助と三人で建て直したこの店に小鈴が来たばかりのころ。

夜中に橋本喬二郎が来てここの戸を叩き、まもなく橋本を追う男たちが現われて、星川たちはおかしなできごとに巻き込まれていったのだ。

あれがもう三年半ほど前のことになる。

そしてまた、橋本喬二郎が転がり込んできた。

「水を」

橋本はそう言って、耐え切れずに店の腰掛けに座り込んだ。

足を斬られている。斜めに五、六寸。決して浅くはない。血はまだ止まっていない。

星川は胸騒ぎがしてきた。

「あんた、追われているだろう？」

「わからない」

橋本は首を横に振った。意識もだいぶぼやけている。

星川は二階を見上げた。

「小鈴ちゃん。かくまえるかい?」

「うん」

小鈴が意を決したようにうなずいた。

十

「江戸の方々で火が出ています」

鳥居耀蔵は奉行所でその報告を受けた。

「火付けか?」

「そのようです」

火付けは町人地ではなく、大名屋敷や旗本屋敷などで起きているらしい。大名火消しが駆けつけているはずである。

とはいえ、いつ町人地に燃え移るかもしれず、町火消しも総動員したところである。町火消しを管轄するのも町奉行所であり、同心たちはそれぞれいろは四十八組の頭領《とうりょう》のところに駆けつけて行った。

南北の奉行所は、月ごとに当番が変わる。いまは南町奉行所が月番に当たっている。そのため、遠山金四郎が駆けつけてきた。

「北からも与力同心たちを総動員させよう」

遠山はそう言った。

「あいや、待たれいっ」

鳥居は止めた。

「待てだと？　なにゆえに？」

「こういうときは、指揮命令を一本化しないと、逆に混乱が激しくなるもの。北町奉行所は待機して、とくに頼みに応じてわたしの指揮の下で動いてもらいたい」

「これはおそらく、大塩の贋者一派が動いているのだ。人数をくり出し、一刻も早く連中を捕縛しなければなるまい」

北町奉行所のほうに落ちれば、遠山はなんとしても自分で尋問をおこなうだろう。そうすれば、鳥居がこれまでにしてきたことや、甥の八幡が遠山の家来を斬ったことも明らかになってしまう。

いや、それだけではない。

もし、調べが『巴里物語』にまで及べば、それに隠れた秘密まで明らかにされるかもしれないのだ。

それこそ、鳥居耀蔵がなんとしても守らなければならない秘密。

もう十年以上にわたって、自分がなぜ、『巴里物語』を執拗に追いかけてきたのか、その理由まで明らかにされてしまうかもしれないのだ。

「それはならぬ」

鳥居は断固として言った。

「なんと」

「今宵のこの騒ぎ、町人地における対応はすべて、月番であるこの南町奉行所がおこなう。遠山どの、お控えなさい」

鳥居耀蔵は遠山金四郎を睨みつけた。

遠山が腹立たしそうに去って行くとまもなく、

「お奉行。八幡信三郎に頼まれたという者が」

と、残っていた同心が知らせてきた。

「通せ」

やって来たのは、千駄ヶ谷町の番屋の者だった。

「火事の半鐘に駆けつけようとしていましたら、八幡信三郎と名乗るお人が、これをお奉行さまにお届けするようにと」

「ん？」

「なんでも、この火付けについても書かれているかもしれないと」

差し出したのは、なんと『巴里物語』ではないか。

「そのほう、これを読んだか？」

「いえ、懐に入れ、急いで駆けつけて来ましたので」

「それで、八幡信三郎はどうした？」

「さあ、なにやら誰か人を捜しているようにも見受けられましたが」

大塩の隠れ場所を見つけたのではないか。だから、これを入手した。だが、大塩たちは取り逃がした。

八幡信三郎が自分で持って来なかったということは、取り逃がしはしたが、追跡をつづけているに違いない。

「よくやったな。追って、褒美《ほうび》を取らすぞ」

そう言うと、番屋の者は畏《かしこ》まって退出して行った。

鳥居は戸田吟斎を奉行所の表のほうに呼んだ。

「どうなさいました？」

「甥の信三郎が『巴里物語』を見つけたらしく、届けてきたぞ」

「なんと」

「これは原本だろうか」

「中ほどを開いて、すこし読んでいただけますか？」

吟斎は盲いている。自分で確かめることはできない。

鳥居は言われるままに『巴里物語』を開き、声に出して読んだ。〈カッヘ〉というところで、巴里の連中が一揆を決意するところらしかった。

「わかりました。それは写本というか、おこうが書き写したもので、わたしが原本としたものではありません」

「なぜ、わかる？」

「二冊目のほうは、おこうが遊び心を入れてかなり戯作《げさく》ふうにしたところがあります。これは、そちらですね。念のため、義弟の橋本に預けておいたのです」

「残りは？」

「写本をつくることは固く禁じましたので、残るは原本だけ。それは、わたしは江戸を離れる際に、おこうに預けました」

と、戸田吟斎は、見えない目で遠くを見るような顔をした。

「これは焼いてしまう」

と、鳥居は言った。

「もう、焼いてしまうのですか。証拠にはしないのですか？」

吟斎は呆れたように訊いた。

「裁きのためだけに、これを保存すれば、また世の中に出回らないとも限るまい。一刻も早く、抹殺すべきだ」

鳥居耀蔵は火鉢のところで、一枚ずつ破って、『巴里物語』を燃やしはじめた。

十一

橋本を介抱する小鈴を店の二階に残して、星川は下に降りた。

すぐに刀の目釘の具合などを確かめると、紐を取り出し、たすきをかけた。

それから、身体をゆっくりと動かしはじめた。大きく股《また》を割り、そのまま身体を上下させる。背筋を伸ばし、左右に何度もひねった。身体中の筋を伸ばし、関節が柔らかくなるようにした。

それから何度か大きく息を吸って吐き出した。

店の中を見回した。

やはり外に出ることにした。この中のどれも傷をつけられたくなかった。おこうがいたときの材木や壁はいったん焼けたが、今の見た目はおこうがいたときとまったく同じだった。

「おこうさん。また、会えるかもしれねえよ」

小さく言った。

提灯にいちばん太いろうそくを入れ、火をつけて、外に下げた。もう少し明るさが欲しい。いまの星川の剣は、相手の刃をいかに軽くかわすかが勝負どころになる。そのためには、すこしでもはっきり相手の刃を見極めたい。

もう一つ、提灯を点《とも》し、それは窓のほうへ差した。これで店の前はかなり明るくなった。

――ほかにやるべきことはないか。

橋本喬二郎は腿をざっくり斬られ、さらに鎖帷子をつけていたにもかかわらず、あばら骨を何本か折られていた。凄まじい豪剣だった。

――あの若い男だ……。

以前、ここで斬り合うところだった男。小鈴や客が止めてくれたのだった。あやつとはいずれ斬り合わなければならなかったのだ。

胸に手を当てた。畳んだ紙がある。このところいつも持ち歩いている。北斎が描いてくれたおこうの似顔絵である。

取り出して眺めたかったが、気持ちが乱れるかもしれないのでやめにした。かわりにおこうの言葉かなにかを思い出そうとした。だが、顔は思い出しても、言葉は浮かばなかった。

かわりにほかの言葉が浮かんだ。

「そんなものなんですかね。五十何年も生きてきた男って」

それは小鈴に言われた言葉ではなかったか。毎日酒びたりになっていたとき、小鈴にそう叱責《しっせき》されたのではなかったか。

答えをいまから出すことができるのだろうか。

半鐘はまだ鳴りつづけている。江戸のあちこちで火が上がっている。だが、飯倉の火事はうまく消し止めたらしく、炎も煙も見えなかった。

——ん？

坂の上から提灯の明かりが近づいてきた。

星川は店の前で、その明かりのほうを向いた。

「よう。たすき掛けか。元同心さんよ」

あざけるような物言いだった。こうした言い方を若いうちはするのかもしれない。

自分もそういう言い方をしていたかもしれない。

だから、怒るつもりはない。

そのかわり、五十何年も生きてきたところは見せなければいけない。

星川は先に刀を抜いた。坂の上から飛ぶように降って来る豪剣をかわすには、すこしでも構えをしっかりしておくことだ。

「ああ、用意して待ってたんだよ。あんたの名前は聞いていたっけか？」

「八幡だよ。八幡信三郎」

「そうだったっけ」

「やっぱり逃げて来たんだろう、あの男は」

「さあな。調べてみればいいだろうが」

「ああ。そうさせてもらうぜ」

言うと同時に、八幡は飛んだ。同時に剣を抜き放ち、真上から斬り下ろしてきた。

星川はこれを横から合わせるように受けた。あくまでも軽く、寄り添うように。

火花は飛ばない。衝撃もない。刃は横にすべり、柔らかく流れた。勢い余った剣は、はみ出すように左に外れた。

その隙を、星川の剣がすばやく突いた。

「ちゃっ」

かすかに肩のあたりを突いたはずである。

「うぉーっ」

八幡の横なぐりの剣が顔のあたりに来た。

のけぞってかわし、通り過ぎた剣のあとを、星川の剣がすこしだけ追いかけた。

これもわずかに肩のあたりをかすったはずである。

これでかすり傷が二つ。かすり傷を三十ほどつくってやりたい。それでようやく勝負は五分と五分になるはずである。

だが、ここからがかすり傷を奪えない。

あまりにも速い八幡の剣に下がる一方になる。それでも星川は、いまだ一太刀も受けていない。秘剣老いの杖。これが毎日、稽古をつづけてきた成果というものである。

八幡の息づかいが荒くなってきた。

ついに動きが一段落した。

「爺《じじ》い、やるではないか」

「…………」

なにか言ってやりたかった。

だが、言葉どころではなかった。完全に息が上がっていた。苦しくて、立ってい
るのもやっとだった。

八幡はそれに気づかない。五十何年も生きると、肺腑《はいふ》の能力が、必要な息をする
のに足りなくなっていることを知らない。

八幡が息を整え、次に動き出したとき、星川は斬られるだろう。

「おこうさん！」

思わず叫んだ。

八幡が目を瞠った。まさか、このごに及んで、この爺いが女の名を呼ぶとは思わ
なかったのだろう。

「へえ」

からかうように八幡が笑ったとき、戸が開いて、小鈴が飛び出して来た。

小鈴は手に火吹き竹のようなものを持っていた。それをすばやく構え、一間（お
よそ一・八メートル）ほど離れたところから吹いた。

「あっ」

夜の中を白い小さな矢が走り、それは八幡の左目のあたりに突き刺さった。吹き矢を放ったのだ。小鈴はすぐに次の矢を放とうとした。

「きさま」

八幡の刀が小鈴のほうを向いた。

「こっちだ」

星川がそう言って、まっすぐ突いて出た。

同時に、八幡の剣が横に払われた。

片方の視力を失っていたからだろう。八幡の剣はずれ、首を数寸ほど薙いだだけだった。それでも首には太い血の道が走っている。

凄まじい量の血が噴出した。

「きゃあ」

小鈴の悲鳴が上がった。

星川は首から血が噴き出すのを感じながら、さらに剣を突いた。刃はまっすぐ八幡の腹に突き刺さっている。これを上下に揺さぶった。はらわたも断った。もう止めもいらない。

「きさま」

八幡の顔が苦しげに歪んだ。

「おめえ、死ぬには早いだろうよ」

言ってやった。爺いを舐めやがって。

「星川さん」

横たわった星川を抱き上げるようにした。血はもう出つくしたように止まっていた。

だが、かすかに息がある。

「星川さん、ありがとうね！」

小さくうなずいたように見えた。

首が落ちた。星川の命の火が消えた。

ついさっきまでいっしょに話していた人が、もう話さない。笑わない。

懐に紙があった。何かと広げるとおこうの似顔絵だった。北斎が描いてくれたものらしかった。

小鈴は夜空を見上げた。今宵はよく晴れていた。

「母さん！　いま、星川さんがそっちへ行った！　川を渡ったよ！　あたしを助けてくれたの。店を守ってくれたんだよ！　ずっと母さんのことが好きだったって！　いまだに忘れられないんだよ！　抱きしめてやって！」

小鈴は叫びつづけた。


（10巻へつづく）

この作品は書き下ろしです。

幻冬舎時代小説文庫

●最新刊
船手奉行さざなみ日記(二)
海光る
井川香四郎

船手奉行所筆頭同心の早乙女薙左は「金しか食わぬ鬼」と評される両替商の主の警護を任されていた。しかも、ある幕閣がその男の悪事に加担し私腹を肥やしていたと知り……。新シリーズ第二弾。

●最新刊
加藤清正　虎の夢見し
津本　陽

この武将が生き永らえていれば、豊臣家の運命は変わった——。稀代の猛将にして篤実の国主。徳川家康がもっとも怖れた男の、激動の生涯を描く傑作歴史小説。津本版人物評伝の集大成！

●最新刊
剣客春秋　縁《えにし》の剣
鳥羽　亮

残虐な強盗「梟党」が世上を騒がす中、彦四郎の生家である料理屋・華村を買収しようとする謎の武家が出現。千坂一家はいまだかつてない窮地に立たされる。人気シリーズ、感動の第一部・完！

●最新刊
甘味屋十兵衛子守り剣3
桜夜《さくらよ》の金つば
牧　秀彦

十兵衛は家茂公の婚礼祝いに菓子を作ることになった。遥香と智音を守る助けになればと引き受けたが、和泉屋も名乗りを上げ、家茂公と和宮が優劣を判じることに……。大人気シリーズ第三弾！

●最新刊
吉原十二月
松井今朝子

大籬・舞鶴屋に売られてきた、ふたりの少女。幼い頃から互いを意識し、激しい競り合いを繰り広げながら成長していく。苦界で大輪の花を咲かせ、幸せを摑むのはどちらか。絢爛たる吉原絵巻！

星《ほし》の河《かわ》

女《おんな》だてら　麻布《あざぶ》わけあり酒場《さかば》9

風野真知雄《かぜのまちお》

平成25年6月15日　初版発行

発行人———石原正康
編集人———永島賞二
発行所———株式会社幻冬舎
〒151-0051東京都渋谷区千駄ヶ谷4-9-7
電話　03(5411)6222(営業)
　　　03(5411)6211(編集)
振替00120-8-767643
印刷・製本—図書印刷株式会社
装丁者———高橋雅之

幻冬舎時代小説文庫

ISBN978-4-344-42034-2　C0193　か-25-12